나는 나대로
살 거야

나는 나대로
살 거야

2024년 10월 15일 초판 1쇄 발행

| 글 | 박혜숙 |
| 그림 | 안혜란 |

책임편집	신혜연
디자인	박정화, 김다솜
마케팅	김선민
관리	장수댁
인쇄	정우피앤피
제책	바다제책

| 펴낸이 | 김완중 |
| 펴낸곳 | 내일을여는책 |

출판등록	1993년 01월 06일(등록번호 제475-9301)
주소	전라북도 장수군 장수읍 송학로 93-9(19호)
전화	(063) 353-2289
팩스	0303-3440-2289
전자우편	wan-doll@hanmail.net
블로그	blog.naver.com/dddoll
ISBN	978-89-7746-030-0 73810

ⓒ 박혜숙·안혜란, 2024

*이 책의 내용은 저작권법의 보호를 받는 저작물이므로 무단전재와 복제를 금합니다.
*잘못 만들어진 책은 구입처에서 바꿔 드립니다.
*책값은 뒤표지에 있습니다.

어린이제품안전특별법에 의한 제품표시
제조자명 내일을여는책 **제조국명** 대한민국 **사용연령** 만 8세 이상 어린이 제품

나는 나대로 살 거야

서로 차별하지 않고 동등하게

박혜숙 글 | 안혜란 그림

내일을여는책

차례

01 어른들은 정말 이상해   9

02 잘못 태어난 아이   21

03 바지를 더 좋아하는 소녀, 연이   36

04 눈물 많은 소년, 정성이   49

05 남자 여자 일이 뭐 따로 있나?   61

06 귀신을 물리친 공주   72

07 어두운 기억에 갇힌 공주   85

08 궁으로 돌아와 사람들을 구한 공주   97

09 달라진 우리들   109

작가의 말 동화 작가로서
첫 번째 인터뷰를 마친 아현이의 일기   116

01
어른들은 정말 이상해

생각할수록 이상한 날이었다. 그 애들을 거기서 만나다니!

그날은 10살 내 인생 최악의 날이었다. 거실에서 텔레비전을 보던 아빠가 느닷없이 내게 물었다.

"아현아, 저 셰프 정말 멋지지 않니? 아빤 네가 저런 셰프가 되면 참 좋겠다."

"아빠! 난 요리엔 관심 없어. 내 꿈은 커다란 배를 모는 선장이 되는 거야."

"뭐? 선장?"

아빠가 어이없다는 듯 나를 바라봤다. 텔레비전을 딱 끄더니 잔뜩 가시가 돋친 목소리로 잔소리를 시작했다. 웬만하면

참고 들어줄 생각이었지만, 그날은 해도 너무했다. 아빠는 2시간이나 날 몰아붙였다. 여자아이가 왜 그런 여자답지 못한 꿈을 꾸냐고, 당장 말도 안 되는 꿈을 접으라고 고함까지 치며 마구 윽박질렀다.

"아빠도 참. 여자 꿈, 남자 꿈이 어딨어?"

참다못해 한마디 했더니 불똥이 엄마에게까지 떨어졌다.

"당신은 집에서 대체 뭐 하는 거야? 애가 말도 안 되는 생각을 하면 진작에 말렸어야지. 여자는 요리사, 아니 요리장이 딱 맞아. 딱! 당장 아동 요리 교실이 있는지 알아봐!"

아빠 말에 꼼짝도 못 하는 엄마는 내 등을 쿡쿡 찔렀다.

"아현아, 영우 엄마가 도서관에서 다음 주부터 어린이 요리

교실을 연다던데, 거기 가면 되겠다. 엄마가 등록할게."

아빠보다 더 얄미운 건 엄마다. 내 편이 아니라 아빠 편을 드는 엄마. 숨이 턱턱 막혀서 도저히 더 들어줄 수가 없었다.

"내 꿈을 왜 아빠가 마음대로 정하느냐고! 왜!"

쨍그랑, 화가 난 아빠는 옆에 있던 화병을 집어 던졌다.

집 앞 작은 놀이터로 나왔다. 나만의 아지트, 터널 미끄럼틀 안으로 들어가려는데 웬 아이가 누워있었다. 주미였다.

"나와, 여긴 내 자리야."

"……."

"공주님이 있을 데가 아니라고!"

"흥, 그럼 마차라도 대령하시던가."

주미가 진짜 공주라도 되는 듯 비아냥거렸다. 약이 올라 주미를 노려봤다.

"웃겨. 공주, 공주 하니까 네가 뭐 진짜 공주라도 되는 줄 아냐?"

"미끄럼틀을 자기 거라고 우기는 네가 더 웃겨. 그리고 먼저 공주라고 부른 건 너거든."

주미가 날 쏘아봤다. 아빠, 엄마에 주미까지 정말 짜증 나는 날이다. 미끄럼틀 안으로 들어가 주미 발을 잡아당겼다. 주미가 끌려 나오지 않으려고 마구 발버둥을 치는 바람에 주미 구두가 내 머리를 쳤다.

"이게, 정말!"

나는 화가 폭발해 주미 얼굴에 대고 버럭 소리를 질렀다. 그때 주미가 왈칵 울음을 터뜨렸다.

"으앙, 너까지 왜 그래?"

"내, 내가 뭘……. 네가 먼저 쳤잖……."

수도꼭지를 틀어놓은 것처럼 콸콸 눈물을 쏟아내는 주미를 보니 뭔가 잘못됐다 싶었다. 주미를 미끄럼틀 밖으로 끌고 나왔다.

"괜찮아?"

"아니. 오늘은 친구가 필요한 날이었단 말이야."

"야, 친구가 필요했으면 친구가 있는 곳엘 갔어야지. 놀이터에서 숨을 게 아니라."

"내가 친구가 어딨어? 다들 핑크 공주라고 날 놀리는데."

"그거야 네가 맨날 분홍색 원피스만 입으니까. 머리도 공주처럼 하고 다니고."

공주처럼 거들먹거린다는 얘기는 쏙 뺐다. 또 울음을 터뜨리면 안 되니까.

"휴, 나라고 그러고 싶겠냐?"

주미가 날 빤히 바라봤다.

"너 혹시 피에로야?"

눈물범벅이 된 주미 얼굴이 순간 피에로처럼 보였다. 화려하게 빨간 화장을 한 피에로가 난 마냥 슬퍼 보였다. 아빠가 여자라는 이유로 내가 하고 싶은 걸 가로막을 때마다 난 아빠 말대로, 아빠 생각대로 움직이는 피에로가 된 것 같았다.

"그럴 수도 있겠네. 우리 엄마 마음대로 움직이는 피에로."

핑크 공주는 주미 엄마 작품이라고 했다. 남자 형제 틈에서 자라느라 예쁜 옷을 한 번도 입지 못한 주미 엄마는 딸을 낳으면 공주처럼 키우고 싶었단다.

"머리띠, 신발, 가방, 옷, 양말, 팬티, 우산까지 핑크색만 사 온다니까! 여자는 무조건 핑크색이 최고래."

"말도 안 돼! 싫다고 하지."

"싫다고 안 했겠니? 에휴……."

주미가 한숨을 길게 쉬었다. 그러더니 여자는 몸이 예뻐야 한다며 발톱이 빠져도 발레학원에 보내는 엄마 때문에 그동안 얼마나 속상했는지 털어놓았다. 오늘도 핑크색 공주 원피스를 사 온 엄마와 한바탕 싸우고 나왔다고 했다. 주미의 푸념에 전염이라도 된 듯 나도 왜 비밀 아지트를 찾아왔는지 털어놓았다. 여자는 얌전해야 한다며 내가 좋아하는 축구와 야구를 못 하게 하는 아빠 때문에 얼마나 화가 나는지, 꿈까지 맘대로 정해주는 아빠 때문에 얼마나 속상한지.

"여자라는 게 참 싫다!"

"나도! 여자라는 게 참 힘들다!"

"남자도 참 힘들다!"

언제부터 있었는지 민우가 끼어들었다.

"너, 뭐야? 우리 애길 엿듣고 있었던 거야?"

"엿듣긴, 들려서 들은 거지. 너무 억울해하지 마. 남자라고 다 편한 건 아니니까."

잔뜩 먹구름이 낀 민우 얼굴을 보니 모른 척할 수가 없었.

"넌 또 왜?"

"아빠가 주말에 또 극기 훈련을 하러 가잔다. 남자는 씩씩해

야 한다면서. 이번 달에만 벌써 두 번째야."
"싫다고 해."
"안 통해. 싫다고 하면 다음 달엔 매주 극기 훈련을 하러 가야 할걸. 어렸을 때부터 그랬어. 무섭다는 놀이 기구를 억지로 태우고, 배우기 싫다는 태권도도 억지로 배우게 하고."

"대체 왜?"

"아빤 내가 남자답지 못하대. 걸핏하면 울고, 꽃을 좋아한다고. 그래서 날 바꾸고 싶은가 봐."

민우가 부끄러워할까 봐 아는 척하지는 않았지만, 몇 번 훌쩍이는 민우를 본 적이 있다. 유치원 때 친구가 개미를 밟았다고 울고, 1학년 때는 키우던 금붕어가 죽었다고 울고, 또 3학년 때는 도서관에서 책을 읽다가 눈물을 뚝뚝 떨어뜨렸었다.

"난 왜 아빠 마음에 들지 않는 아이로 태어났을까?"

민우가 또 울 것 같아 얼른 내 얘기를 했다.

"야, 부모님 마음에 쏙 드는 자식이 얼마나 있냐? 우리 아빠도 나 엄청 맘에 안 들어 하거든!"

"아현이, 네가 어때서?"

"그러게. 내가 어때서. 그러니까 그딴 생각은 하지도 마."

"근데 궁금하긴 해. 왜 꼭 남자는 씩씩해야 하나?"

"그거야 씩씩한 남자가 멋있으니까."

눈치 없는 주미 말이 끝나자마자 민우가 쏘아붙였다.

"야, 그게 다 편견이거든."

샐쭉해진 주미가 맞받아쳤다.

"치, 네가 물어보니까 말한 거잖아."

"애들아, 잠깐!"

옆 벤치에 앉아 있던 이모가 불쑥 끼어들었다.

"옆에서 너희들 얘기 들었는데, 같이 얘기해도 될까?"

민우와 주미는 티격태격 말싸움을 멈추고 낯선 이모를 힐끗거렸다.

'우리 얘기를 들었다고? 어른 편드는 잔소리를 하겠다는 건가?'

나는 누그러졌던 화가 다시 스멀스멀 올라오는 것 같았다.

"무슨 얘기요?"

낯선 이모는 나의 신경질적인 반응에 아랑곳하지 않고 미소를 지으며 말을 이어갔다.

"여자는 분홍색을 입고, 얌전해야 해! 남자는 씩씩하고 울면 안 돼! 이렇게 여자라서 이래야 하고, 남자라서 저래야 한다는 거, 그거 모두 어른들이 만들어낸 잘못된 편견이야."

이모의 말 한마디에 지원군을 만난 듯 민우 얼굴이 금세 환해졌다.

"이 세상에 태어난 모든 사람은 인권을 가지고 있어. 성에 따라서 더 소중하고 덜 중요한 게 아니라 남성과 여성 모두가 소중한 존재인 거야. 너희들 모두가 귀한 존재들이라고! 너희들, '양성평등'이라는 말 들어봤어?"

양성평등, 들어본 것 같기도 하고 아닌 것 같기도 했다.

"남성과 여성 그 누구도 차별받지 않는 세상, 남성과 여성 모두 각자 하고 싶은 것을 하면서 사는 행복한 세상, 그게 바로 양성평등이 이루어진 세상이야!"

"와, 멋진 말이네요! 이모, 나도 그런 세상에서 살고 싶어요!"

민우가 손뼉을 짝짝 쳤다.

'이 멋진 말을 왜 여태껏 몰랐지? 진작 이 말을 알았더라면 아까 짜증을 내면서 나오지 말고, 아빠에게 이 멋진 말을 해 줬을 텐데.'

내 맘을 아는 것처럼 주미가 이모에게 물었다.

"이모, 그런데 왜 어른들은 이런 멋진 말을 모르는 걸까요?"

"그러게 말이다."

이모가 머리를 긁적거렸다.

생각할수록 이상했던 10살 내 인생 최악의 날, 놀이터에서 우리 셋은 이렇게 만났다. 그리고 그날은 우리들의 특별한 날이 되었다. 어른들을 설득할 동화 쓰기 프로젝트가 시작된 날이니까.

02
잘못 태어난 아이

옛날 아주 먼 옛날, 한 나라가 있었어. 사자처럼 용맹한 임금님이 다스리는 나라였지. 땅도 넓고, 성도 아주아주 크고, 군사들도 많았지. 이웃 나라 사람들은 그 나라를 '힘센 나라'라고 불렀고, 힘센 나라가 쳐들어올까 봐 두려워서 벌벌 떨었지. 하지만 힘센 나라에 가서 살고 싶어 하지는 않았어. 힘센 나라는 남자와 여자의 차별이 아주 심했거든. 남자와 여자는 입는 옷 색깔도 달랐어. 남자는 파랑 옷을, 여자는 분홍 옷을 입어야만 했어. 남자와 여자는 하는 일도 달랐지. 남자는 절대로 미용사나 정원사가 될 수 없었어. 여자는 군인이나 정치가가 될 수 없었고. 그걸 어기면 바로 감옥에 갇혔거든.

힘센 나라는 내맘대로왕이 40년째 다스리고 있었어. 60살이 되었지만 내맘대로왕에게는 아직 아기가 없었어. 몸에 좋은 약이란 약은 다 먹어봤지만 소용이 없었지. 내맘대로왕은 좋아하는 고기도 먹지 않고 100일 동안이나 신전에 가서 빌고 또 빌었어.

"신이시여! 신이시여! 이렇게 기도드리옵니다. 제발 저에게 왕자를 보내주시옵소서! 제 뒤를 이어 이 나라를 다스릴 힘세고 용맹한 왕자를 보내주시옵소서!"

기도가 통한 걸까? 여리 왕비가 아기를 가졌다는 소식을 전해왔지. 내맘대로왕은 뛸 듯이 기뻤어. 그날을 당장 국경일로 정하고 열흘 동안 성대한 잔치를 열었어. 아기가 왕자일 거라고 확신한 내맘대로왕은 신하를 불러 왕자를 맞을 채비를 서둘렀지. 왕자가 탈 세상에서 가장 빠른 말을 구해오게 하고, 대장장이를 시켜 절대 부러지지 않는 왕자의 칼과 어떤 화살도 뚫을 수 없는 왕자의 갑옷도 만들게 했어. 게다가 왕자를 교육할 학자들도 50명이나 뽑아두었다니까.

드디어 여리 왕비가 진통을 시작했어. 내맘대로왕은 신전에 가서 기도를 올렸어.

"신이시여! 신이시여! 제 소원을 들어주셔서 감사합니다. 부디 왕자가 무사히 태어날 수 있도록 보살펴 주소서!"

기도를 마치자마자 신하가 달려왔어.

"그래, 왕자는 건강한가?"

"마마, 왕자님이 아니라 공주님이십니다."

"뭣이! 왕자가 아니라고!"

화가 난 내맘대로왕은 신전에 있던 화로를 번쩍 들어서 엎어버렸어. 제단에 올려두었던 음식도 모두 내던져 버렸지. 그러고는 신하를 불러 명령했어.

"당장 이 신전을 부수어라!"

내맘대로왕은 끝끝내 공주를 보러 가지 않았어. 여리 왕비와 공주를 성 가장 끝에 있는 궁으로 쫓아 보내고는 거들떠보지도 않았지.

아빠 얼굴은 한 번도 보지 못했지만 공주는 무럭무럭 자랐어. 그런데 공주는 다른 여자아이들과는 좀 달랐어. 울음소리도 우렁차고 힘도 셌지. 수놓는 것보다는 칼싸움을 더 좋아하고, 꽃을 가꾸는 것보다는 활을 쏘고 말 타는 것을 더 좋아했어. 여리 왕비는 그런 공주가 늘 조마조마했어. 내맘대로왕의 미움을 받아서 궁에서 쫓겨날까 봐 걱정됐거든. 여리 왕비는 공주가 얌전하고 다소곳하게 지내다가 좋은 남자를 만나 시집가길 바랐어. 여자는 좋은 남자를 만나야만 행복하다고 생각했으니까.

시간이 흘러 공주가 열 살이 됐어. 어느 날 여리 왕비와 같이 정원에서 꽃에 물을 주던 공주가 갑자기 배를 움켜쥐었어.

"어마마마, 배가 아프옵니다."

또 일하기 싫어서 꾀를 부리는 줄 안 여리 왕비가 공주 얼굴을 빤히 바라봤어. 정원에만 오면 이런저런 핑계를 대고 도망친 적이 한두 번이 아니니까. 그런데 공주가 당장이라도 숨이 넘어갈 듯 배를 잡고 데굴데굴 굴렀어. 깜짝 놀란 여리 왕비는 시녀에게 어서 공주를 안으로 모시라고 명령했지. 하인은 공주를 둘러업고 헐레벌떡 뛰어갔어. 그런데 정원을 벗어나자마자 공주가 까르르 웃지 뭐야.

"공주마마, 또?"

"히히, 속았지? 어마마마한테는 비밀이야!"

시녀 등에서 내리자마자 공주는 말들이 있는 들판으로 쏜살같이 달려갔어. 갈기가 탐스럽고 털에 윤기가 자르르 흐르는 흰 말 옆으로 갔지. 공주는 첫눈에 이 하얀 말이 마음에 쏙 들었거든. 하지만 늙은 하인은 한 번도 말을 태워주지 않았어.

"공주마마, 또 오셨습니까?"

"응. 오늘은 꼭 타고 말 거야!"

"그 말은 주인이 따로 있답니다."

"또, 또! 주인 타령! 태어나지도 않은 왕자를 말하는 거야?"

"네. 잘 알고 계시네요."

"그럼 저 말은 평생 주인을 못 만나겠네. 할아범은 저 말이 불쌍하지도 않아? 내가 말이라면 주인을 태우고 들판을 달리고 싶을 거야. 치, 말을 키우는 사람이 어찌 말 마음을 하나도 몰라."

늙은 하인은 깜짝 놀랐어. 오십 년 넘게 말을 키웠지만 말 마음을 생각해 본 적은 없었거든. 먹이 잘 주고, 아프지만 않게 돌보면 그만이라고 생각했으니까.

"정말 저 말을 타고 싶으십니까?"

"응. 난 저 말이 정말 마음에 들어."

"그럼 저와 약속 하나 하시지요."

늙은 하인은 공주에게 30일 동안 말똥을 치우고, 말 먹이를 주고, 말 목욕을 시키면 말을 탈 기회를 주겠다고 했어. 공주는 들키지 않기 위해 모두가 자는 새벽마다 몰래 궁에서 빠져나와 마구간으로 갔어. 공주는 마구간을 깨끗이 치우고 말을 관리하는 일이 힘들었지만 즐거운 마음으로 열심히 해나갔지. 늙은 하인은 그런 공주를 지켜보면서 내심 흐뭇했어.

'철부지인 줄로만 알았더니 제법이군.'

한 달이 되던 날, 늙은 하인은 약속대로 공주 앞에 하얀 말을 대령했어.

"준비되셨습니까?"

"그럼. 내가 이날을 얼마나 기다렸는데."

공주는 말 옆으로 다가가 귀에 대고 속삭였어.

"하늘아, 준비됐지? 우리 잘해보자."

공주는 이 말을 타면 하늘을 나는 기분이 들 것 같아 말 이름을 하늘이라고 지었어. 하늘이는 공주 말에 대답하는 것처럼 히이잉 길게 울었지. 공주는 조심조심 말 등에 올라탔어. 하늘이는 기다렸다는 듯이 확 트인 들판을 향해 달려 나갔고, 까르르까르르 공주 웃음소리가 새벽 공기를 타고 널리 퍼졌어.

새벽닭이 울기도 전에 잠이 깬 내맘대로왕은 오랜만에 새벽 산책을 나섰어. 내맘대로왕은 조용하고 평화로운 풍경을 보며 생각에 빠졌지.

'왕자만 있으면 모든 것이 완벽할 텐데…….'

아쉬운 마음이 커지는 내맘대로왕은 기운이 쭉 빠지는데, 어디선가 웃음소리가 들리는 거야. 소리 나는 쪽을 보니 누가 신나게 말을 타고 있었어. 웃음소리가 점점 가까워지면서 말을 탄 사람도 보이기 시작했어. 순간, 내맘대로왕은 하늘이 무너지는 충격을 받았지. 그 사람은 바로 공주였거든. 내맘대로왕은 씩씩거리며 당장 늙은 하인과 공주를 불렀어. 늙은 하인을 보고 버럭 호통을 쳤지.

"어찌 공주에게 저 말을 내어준 것이냐? 저 말이 누구 것인 줄 잊었단 말이냐?"

"잘못했사옵니다, 마마. 한 번만 살려주시옵소서."

늙은 하인이 머리를 조아리며 용서를 빌었어. 그때 공주가 앞으로 나섰어.

"아바마마, 할아범은 아무 잘못이 없습니다. 제가 그 말을 타겠다고 졸랐습니다."

"허허, 여자가 감히 어딜 나서!"

공주가 끼어들자 내맘대로왕은 더 화가 났지.

"아바마마. 하늘이는 뛰어난 말입니다. 뛰어난 말일수록 주인이 필요하다고 생각합니다."

"그래서 지금 네가 그 말의 주인이다, 이 말이냐?"

"아까 절 태우고 달리는 걸 보셨지 않습니까?"

내맘대로왕은 왕자를 위해 준비해 두었던 말을 다른 사람이 탔다는 것이 무척 불쾌했어. 여자인 공주가 말을 탔다는 것도 있을 수 없는 일이었고. 게다가 또박또박 말대답하는 공주는 더더욱 참을 수 없었지.

"왕비가 너를 이렇게 가르쳤더냐? 여자라면 여자답게 꽃을 가꾸거나 바느질을 배울 것이지, 흉하게 어찌 말을 타고 돌아다닌단 말이냐?"

"아바마마, 저는 꽃이나 바느질보다 말 타는 것이 더 좋습니다. 여자도 하고 싶은 것이 있사옵니다. 하고 싶은 것을 하는 것이 왜 나쁘옵니까?"

내맘대로왕이 탁자에 있던 꽃병을 집어던졌어. 와장창 공주 앞에 떨어진 꽃병이 깨지면서 물과 유리 조각이 여기저기 흩어졌지. 하지만 공주는 눈 하나 꿈쩍하지 않았어. 내맘대로왕은 공주의 당당한 태도가 더 맘에 들지 않았어. 왕인 자기를 무시하는 것처럼 느껴졌거든. 그래서 더욱더 목소리를 높였지.

"네가 지금 힘센 나라의 법을 몰라서 그런 소리를 하는 것

이냐? 여자가 하는 일, 남자가 하는 일이 따로 있는 것이다. 여봐라, 당장 공주를 치워라! 열흘 동안 방에서 한 발짝도 못 나가게 하여라!"

내맘대로왕은 공주가 무척 괘씸했어. 여태껏 그 누구도 내맘대로왕 앞에서 말대답한 적이 없었거든. 힘센 나라에서는 내맘대로왕의 말이 곧 법이었으니까. 화가 풀리지 않은 내맘대로왕은 늙은 하인을 궁 밖으로 쫓아내고, 하늘이도 이웃 나라에 팔아버렸지.

날이 갈수록 공주의 의지는 더 강해졌어. 아무리 혼을 내고 야단을 쳐도 내맘대로왕 마음대로 되지 않았지. 자기가 하고 싶은 말은 언제나 서슴없이 했고, 자기가 하고 싶은 일이라면 어떻게든 했어. 방 안에 가둬두기도 하고 먹을 것을 주지 않기도 했지만, 그것도 통하지 않았어. 공주를 차마 감옥에 가둘 수는 없고, 내맘대로왕은 골치가 지끈지끈 아팠어.

'으흐, 저 말썽꾸러기 공주를 어째야 하나.'

아무리 생각해도 뾰족한 방법이 생각나질 않았어. 그럴 때마다 내맘대로왕은 시간이 빨리 흐르길 바랐어. 열다섯 살만 되면 공주를 이웃 나라에 시집보내 버릴 생각이었지. 내맘대로왕은 그때까지 공주 이야기가 나라 밖으로 새어 나가지 않도록 신하들에게 단단히 입단속을 시켰어. 공주는 누구보다 예쁘고 지혜롭고 얌전하고 다소곳한, 여자 중의 여자라는 소문을 퍼뜨렸지. 그래야 이웃 나라 왕자들이 공주와 결혼을 하려고 할 테니까.

골칫덩어리 공주 때문에 내맘대로왕은 하루가 다르게 늙어갔어. 눈도 침침해지고, 머리도 예전처럼 맑지 않았지. 가벼운 감기에도 며칠 동안 시름시름 앓더니, 기어이 몸져눕고 말았어.

'이게 다 공주 때문이야! 하루빨리 공주를 시집보내야 해!'

내맘대로왕은 공주가 열다섯 살이 되기만을 손꼽아 기다렸지.

드디어 그날이 되었어. 내맘대로왕은 이웃 나라 열 곳에 공주의 신랑감을 구한다는 사신을 보냈어. 그런데 사신을 보낸 지 열흘이 되어도, 한 달이 지나도 아무 연락이 없는 거야. 내맘대로왕은 신하들을 불러 모았어.

"이게 대체 어찌 된 일이냐? 어찌 공주와 결혼을 하겠다는 왕자가 하나도 없단 말이냐?"

신하들은 서로 얼굴만 바라볼 뿐 아무 말이 없었지.

"허허, 말을 좀 해라! 답답하구나!"

"저기, 그게……."

"무엇이냐?"

신하 하나가 앞으로 나와 쪽지를 하나 내밀었어.

〈쉿, 아는 사람만 아는 특별한 비밀 이야기〉

힘센 나라의 공주에게는 알려지지 않은 병이 하나 있습니다. 이 세상 어떤 의사도 고치지 못한 아주 고약한 병입니다. 시간이 지날수록 점점 깊어지는 이 병은 주위에 있는 사람들도 위험에 빠뜨릴 수 있는 아주 위험한 병입니다. 그래서 힘센 나라에서도 오래전부터 공주를 성안 외진 궁궐에 가둬 두고 있다고 합니다.

쪽지를 본 내맘대로왕은 화가 나서 펄펄 뛰었지.

"도대체 누가 이런 말도 안 되는 소문을 퍼뜨렸단 말이냐?"

"마마, 그것은 잘 모르겠사오나, 이웃 나라 왕자들이 이 소문을 철석같이 믿는 것 같사옵니다."

"허허, 답답한지고! 당장 채비를 꾸리거라. 내가 직접 이웃 나라들을 찾아가서 소문이 거짓이라는 것을 밝혀야겠다."

"마마, 아니 되옵니다. 지금 몸 상태로 긴 여행은 힘드십니다. 간다고 해도 이웃 나라에서 마마 건강이 좋지 않다는 걸 눈치챌 수 있습니다. 그렇게 되면 우리 힘센 나라를 얕잡아 볼 수도 있사옵니다."

"으윽! 그럼 대체 어쩌란 말이냐?"

내맘대로왕은 뒷목을 잡았어. 공주를 시집보낼 때만 기다렸는데 모두 다 물거품이 되어버렸잖아. 실망한 내맘대로왕은 점점 더 병이 깊어졌지. 대신들은 이게 모두 공주 때문이라고 생각했고, 모두 모여 우르르 내맘대로왕을 찾아갔지.

"마마, 결단을 내리셔야 하옵니다. 공주를 더 이상 이대로 둘 수 없습니다. 공주는 그동안 남녀 차별이 분명한 나라의 법을 어기고 여자가 해서는 안 될 일을 해왔습니다. 마마의 마음을 어지럽히고, 급기야 마마를 병들게 하였습니다. 이상한 쪽지로 인해 공주는 이제 힘센 나라의 치명적인 약점이 되어버렸습니다. 힘센 나라가 다른 나라의 웃음거리가 되기 전에 공주를 궁에서 쫓아내야만 합니다."

"마마, 쫓아내야 합니다!"

대신들은 몇 날 며칠을 내맘대로왕을 찾아가 끊임없이 얘기했어. 마침내 내맘대로왕은 결단을 내렸어.

"공주를 당장 성 밖으로 내쫓거라!"

03
바지를 더 좋아하는 소녀, 연이

 공주가 성에서 쫓겨난다는 이야기를 들은 여리 왕비는 눈앞이 아득했어. 여리 왕비는 어려서부터 아내는 남편 말을 무조건 따라야 한다고 배웠거든. 왕자를 낳지 못한 다음부터 더더욱 남편이 무섭고 두려웠어. 행여 불똥이 공주에게 튈까 봐 한 번도 내맘대로왕의 말을 거역하지 못했다니까. 공주에게 늘 '여자답게!'를 강조하고 야단을 쳤지만, 여리 왕비는 공주를 무척 사랑했어.
 "내가 왜 그 힘든 시간을 숨죽이며 버텼는데……. 아, 이렇게 공주와 헤어져야 한다니!"
 여리 왕비는 공주를 위해 아무것도 해 줄 수가 없어 발만 동동 굴렀어.

"공주, 이제라도 아바마마에게 가서 잘못했다고 용서를 빌거라!"

"어마마마, 전 잘못한 일이 없어요."

"공주, 제발 어미 말을 들으렴. 소나기는 피하고 보는 법이란다. 세상 밖은 네가 생각하는 것보다 훨씬 더 험하단다."

공주가 당차고 똑똑한 건 알지만 험한 세상 밖으로 공주 혼자 내보낼 수는 없었어. 하지만 공주는 오히려 여리 왕비를 위로했지.

"걱정하지 마세요, 답답했던 궁을 벗어나 자유롭게 세상 구경을 할 수 있어 전 더 좋아요."

"마마, 떠날 시간이옵니다!"

문밖에서 병사가 재촉하는 소리가 들렸어. 여리 왕비는 눈물을 꾹 참고 공주 손을 꼭 잡았어.

"공주, 어디에 있건 무슨 일이 생기건 네가 나대로 공주라는 것을 잊지 말거라! 몸 건강히 잘 지내다 우리 꼭 다시 만나자."

"네, 어마마마."

공주는 환하게 웃으면서 여리 왕비를 끌어안았어.

공주 옷 대신 낡은 시녀 옷으로 갈아입고, 돌봐주는 하인 하나 없이 홀로 성을 나선 공주는 자유를 만끽했어.

"후, 풀 냄새! 바람 냄새! 공기부터 다르네!"

공주는 성 밖 풍경이 신기했어. 백성들이 사는 모습을 이렇게 가까이서 본 건 처음이거든. 도시를 지나 작은 마을로 들어섰지. 가게들이 있는 골목을 지날 때였어. 자그마한 여자아이를 남자아이들이 괴롭히고 있지 뭐야.

"너, 그 옷 어디서 훔쳤어?"

"훔치다니, 이건 내 거야!"

"어쭈, 이젠 거짓말까지 하네!"

"거짓말 아니야, 이건 정말 내 거……."

여자아이가 말할 새도 없이 남자아이는 다짜고짜 여자아이의 팔을 와락 잡아끌었어.

"이 바지가 네 옷이라면 넌 이웃 나라 첩자가 틀림없어. 힘센 나라에선 여자가 바지를 입을 수 없거든!"

"얘들아, 이 수상한 애를 궁궐로 끌고 가자!"

"좋아!"

"이거 놔! 아파!"

여자아이가 끌려가지 않으려고 발버둥 쳤지만 남자아이는 멈추지 않았어. 다른 아이들까지 거들었지.

"이런 애는 단단히 혼이 나야 해!"

"맞아, 그래야 자기 분수를 알지. 어디 여자가 감히 바지를 입어!"

그때였어. 지켜보던 공주가 쏜살같이 달려가 여자아이 팔을 잡고 있는 남자아이 손을 발로 탁 걷어찼어. 남자아이가 깜짝 놀라 정신을 못 차리는 사이, 공주는 여자아이 손을 잡고 외쳤지.

"지금이야! 달려!"

여자아이도 공주 손을 꽉 잡았어. 두 사람은 있는 힘을 다해 앞으로 내달렸어.

"잡아, 잡아!"

남자아이들이 소리를 치며 공주와 여자아이를 쫓았지. 쫓기는 공주와 여자아이는 숨이 턱까지 차올랐지만 멈출 수가 없었어. 다행히 여자아이는 골목을 아주 잘 알았어. 요리조리 남자아이들의 추격을 피해 골목을 돌고 또 돌았지. 골목을 벗어나 언덕 위에 올라서서야 둘은 꼭 잡았던 손을 놓았어. 여자아이가 갑자기 까르르 웃었어.

"언니, 옷 좀 봐! 꼭 흙탕물로 목욕을 한 코끼리 같아."

흙탕물을 뒤집어쓴 건 여자아이도 마찬가지였어. 바지는 물론 얼굴 곳곳에 진흙 얼룩이 묻어 있었거든.

"하하, 너도 만만치 않아!"

둘은 서로의 모습을 바라보며 한참을 깔깔거리고 웃었지.

"인사가 늦었네. 난 연이라고 해. 도와줘서 고마워! 언니."

"나도 고마워! 네가 길을 알려주지 않았으면 그 아이들에게 잡혔을 거야."

"근데, 언니 이름은 뭐야?"

공주는 잠시 고민했어. 나대로 공주라는 이름대신 성 밖 사람들과 편하게 어울릴 수 있는 이름이 필요했거든.

"난 구름이야. 구름처럼 자유롭게 살고 싶어서 지은 이름이지."

"구름이 언니, 언니랑 잘 어울려!"

그때 꼬르륵꼬르륵 공주의 배꼽시계가 울렸어.

"언니, 우리 집으로 가자."

여자아이가 언덕 아래 있는 작은 황토집으로 공주를 데리고 갔어. 허리가 잔뜩 굽은 할머니가 공주를 반겨주었지.

"우리 연이를 구해주었다지? 고마워."

할머니가 서둘러 저녁을 차렸어. 공주는 식탁을 보고 깜짝 놀랐어. 멀건 귀리죽과 푸성귀 한 접시가 전부였거든.

"귀한 손님이 왔는데 대접할 게 없어 미안해."

인사를 마친 할머니가 공주 등을 토닥였어. 연이와 다섯 동생이 허겁지겁 귀리죽을 퍼먹는 동안 공주는 멀뚱멀뚱 쳐다보기만 했어. 이런 음식은 처음이었으니까. 할머니가 계속 바라보자 마지못해 귀리죽을 한 숟갈 떠서 입에 넣었지.

'으, 밍밍하고 까끌까끌하고. 이걸 어떻게 먹지?'

어느새 죽 한 그릇을 다 비운 막내가 공주 죽그릇을 계속 기웃거렸어. 연이가 얼른 막내를 안고 일어섰지.

"언니, 밖에 나가 있을 테니까 천천히 먹어."

눈치 없이 배에서는 계속 꼬르륵꼬르륵 소리가 났어. 하지만 귀리죽을 먹고 싶지는 않았어. 그러다 빈 그릇을 치우고 있는 할머니와 눈이 딱 마주쳤지 뭐야. 공주는 그제야 할머니가 저녁을 먹지 않았다는 게 생각났어. 할머니가 난 괜찮다는 듯 공주를 보고 어서 먹으라고 손짓을 했지.

'할머니 미안해요. 할머니 죽을 주신 것도 모르고……. 풍족

한 성안에서 사느라 백성들이 어떻게 사는지 너무 몰랐어요.'

공주는 천천히 귀리죽 한 그릇을 다 비웠어.

밖으로 나온 공주는 연이 옆에 앉았어. 연이가 바지 주머니에서 작은 대나무 피리를 꺼내 연주를 시작했어. 피리리리 피리리. 뉘엿뉘엿 노을이 지는 감빛 하늘을 따라 피리 소리가 춤을 추었지.

"아, 좋다!"

"언니, 난 피리가 참 좋아. 피리를 불면 기분이 좋아지거든. 사람들이 내 피리 소리를 듣고 기분이 좋아졌으면 좋겠어."

"그럼 악사가 돼서 많은 사람들에게 네 피리 소리를 들려줘."

"언니도 참. 힘센 나라에선 아무리 노력해도 여자는 악사가 될 수 없잖아. 난 포기했어."

"흠, 법으로 막고 있으니 지금은 그렇지. 그렇다고 꿈을 포기할 필요는 없어. 난 커다란 배를 타고 바다를 건너는 게 꿈이야. 지금 당장은 이룰 수 없지만 포기하지는 않을 거야. 언젠가는, 언젠가는 꼭 이루고 말 거야."

"멋지다!"

연이가 부러운 듯 공주를 쳐다보았어. 공주가 새끼손가락을 내밀었어.

"약속해. 너도 꿈을 포기하지 않을 거라고."

연이도 수줍게 공주 손가락에 자기 손가락을 걸었지.

"그런데 아까는 어떻게 된 거야?"

"아, 이거."

연이가 양손으로 바지를 잡아서 펼쳤어. 치마 가운데가 굵은 실로 엉성하게 박음질이 되어 있지 뭐야.

"치마를 입고 일을 하니까 좀 불편하더라. 그래서 이렇게 만들었어."

"잠깐만 이건! 바지가 아니잖아. 그런데 왜 아깐 가만히 있었어?"

"그 애들이 말할 틈을 주지 않았으니까."

"억울했겠네."

"억울하지. 도둑질, 첩자 이런 소리까지 들었으니까. 그런데 이걸 굳이 바지라고 우기면 바지가 될 수도 있을 것 같더라. 언니, 그런데 진짜 억울한 게 뭔지 알아? 여자는 바지를 입을 수 없다는 거야. 왜 여자는 바지를 입으면 안 되는 걸까?"

"그러게. 사실 나도 치마보다 바지가 더 좋은데."

공주가 갑자기 손뼉을 탁 쳤어.

"연아, 좋은 생각이 있어."

공주가 방금 떠오른 생각을 이야기하자 연이 얼굴이 환해졌어.

다음 날 연이와 공주는 사람들이 많이 모이는 공터로 갔어. 연이가 연지 곤지를 찍은 귀여운 각시탈을 쓰고 피리리리 피리리리 피리를 불자 사람들이 모여들었지.

"뭐지? 이 아름다운 곡조는?"

"따스한 햇볕이 감싸는 것처럼 마음이 말랑말랑해져."

"구름을 타고 있는 것 같아."

사람들이 웅성거렸지. 그때 각시탈을 쓴 공주가 사뿐사뿐 사람들 앞으로 나와서 춤을 추었어. 두 팔을 위로 모으고 빙그르르 빙그르르 맴을 돌았지. 공주가 몸을 움직일 때마다 파란 별이 가득한 옷이 휘리릭 휘리릭 물결처럼 넓게 퍼져나갔어.

"와, 저 옷 좀 봐!"

"처음 본 옷인데, 정말 근사해!"

"오, 탐나는데."

공주가 연이를 보고 싱긋 웃었어. 삐리 삐리 삐리리. 피리 소리는 이제 조금 더 빨라졌어. 공주는 통나무 그루터기 위로

폴짝 뛰어 올라가 나무 신으로 바닥을 탁탁 구르며 멋지게 춤을 췄지. 와와 사람들 박수 소리도 점점 커졌어. 공연이 끝나자마자 치마도 아닌 바지도 아닌 치마바지는 불티나게 팔려 나갔어. 밤새워 만든 30장이 금방 동이 났다니까. 덕분에 그날 저녁엔 할머니 그릇에도 죽이 가득 담겼어. 막내는 귀리 죽을 세 그릇이나 먹었고.

다음 날 아침 일찍 공주는 짐을 챙겼어. 올 땐 빈손이었는데 제법 보따리가 두둑해졌지. 연이는 사람을 잠들게 하는 피리를 선물했고, 할머니는 무엇이든 꿰맬 수 있는 실과 바늘을 주었거든.

"정말 고마워, 언니."

"나도!"

연이가 공주를 꼭 안아주었어. 소문을 듣고 치마바지를 사려고 찾아온 사람들을 헤치고 떠나는 공주 발걸음이 아주 가벼웠지.

04
눈물 많은 소년, 정성이

공주는 계속 길을 걸었어. 마을을 여러 개 지나자 너른 들판이 나타났어. 다리가 아파 잠시 쉬었다 가려고 그늘을 찾을 때였어. 다다닥 다닥다닥 들판 저쪽에서 고삐 풀린 말 한 마리가 달려오는 게 보였어. 그 앞으로 아기와 아기 엄마가 걸어가고 있는 거야.

"위험해요! 비켜요!"

공주가 소리쳤지만 들리지 않는 지 아기와 아기 엄마는 계속 걸어갔어.

'큰일 났네, 어쩌지?'

안절부절못하는 공주 눈에 양 한 마리가 보였어. 공주는 얼

른 달려가서 양 위에 올라탔어. 놀란 양이 매애애애 매매애애 울부짖었지. 공주는 손바닥으로 양 옆구리를 세게 치며 소리쳤어.

"달려!"

양이 빠르게 앞으로 달려나갔어. 아기 엄마 가까이 다가가자 공주가 외쳤어.

"피해요!"

 깜짝 놀란 아기 엄마가 얼른 아기를 안고 옆으로 피했지. 앞을 가로막던 장애물이 사라지자 말은 더 속력을 높여 쉬지 않고 달려갔어. 공주도 말을 쫓아갔고. 그런데 말이 갑자기 방향을 틀더니 꽃밭으로 들어가지 뭐야.
 "안돼! 저리 가!"
 어디선가 나타난 소년이 팔을 벌려 막아섰지만 말은 보란 듯이 그 옆으로 쏜살같이 달려갔어. 소년은 깜짝 놀라 엉덩방아를 찧었지. 말이 지나간 자리는 꽃들이 부러지고 짓밟혀 엉망이 되었어.

"으앙, 내 꽃, 내 꽃!"

소년이 엉엉 울음을 터뜨렸어.

'꽃들이 더 망가지기 전에 말을 멈춰야 해.'

말 옆까지 다가간 공주가 낮게 휘파람을 불었어. 달려가던 말이 조금씩 속도를 늦추었지. 양 위에서 벌떡 일어난 공주는 풀쩍 말 등 위로 옮겨 앉았어. 말이 히잉 앞다리를 들고 저항하자 손으로 털을 부드럽게 쓰다듬었지. 잠시 후 말이 걸음을 딱 멈추었어.

"잘했어!"

공주는 말을 달래며 천천히 꽃밭을 빠져나왔어. 근처 나무에 말을 잘 묶어두고 다시 꽃밭으로 갔지. 소년은 여전히 아까 그 자리에 주저앉아 있었어.

"많이 놀랐지?"

"……."

"말하기 싫구나. 알았어. 꽃밭 주인인 것 같은데, 구경해도 될까?"

소년은 말없이 고개를 끄덕였어. 공주는 천천히 꽃밭을 둘러보았지. 궁에서는 볼 수 없었던 여러 가지 꽃들이 탐스럽게 피어있었어.

"와, 예쁘다! 꽃밭을 아주 정성껏 가꿨네."

성에 있을 때는 꽃이 예쁜 줄 몰랐거든. 정원을 돌보는 일이 귀찮고 싫기만 했으니까. 꽃씨나 알뿌리를 심을 때도, 잡초를 뽑을 때도, 물을 줄 때도 공주는 그냥 건성건성 시늉만 냈어.

"꽃이 이렇게 예쁜 줄 알았으면 물을 열심히 줄걸."

"물을 자주 준다고 꽃이 다 예쁘게 피는 건 아니야. 물을 너무 자주 주면 뿌리가 썩는 꽃도 있거든."

언제 왔는지 꽃밭 지기 소년이 아는 척을 했어.

"그래? 그건 몰랐네."

공주가 바위 옆에 핀 꽃을 가리키며 물었어.

"이 꽃 이름은 뭐야?"

"금강초롱"

"초롱처럼 생겨서 초롱인가? 꽃이 어떻게 초롱모양으로 생겼을까?"

소년은 금강초롱꽃 앞에 쪼그리고 앉아 부드러운 눈빛으로 꽃을 보며 이야기를 시작했어.

"옛날에 여동생이 산으로 바위를 깎으러 간 오빠를 찾아갔대. 아무리 찾아도 오빠는 보이지 않았대. 그러다 밤이 깊어졌는데 하늘엔 달빛 하나 없더라지 뭐야. 주위는 온통 깜깜하고 여기저기서 산짐승들 소리는 들리고. 여동생은 무섭고 두려웠대. 초롱 하나만 있으면 길을 찾아 내려갈 텐데 싶어 눈물이 뚝뚝 떨어졌대. 그때 여동생 눈물이 떨어진 그 자리에서 핀 꽃이 바로 이 초롱꽃이래."

"여동생은 오빠를 찾았어?"

"여동생은 반짝반짝 빨간 불빛을 내는 초롱꽃을 꺾어 들고 길을 다시 내려갔대. 그러다 바위 옆에 쓰러져 있는 오빠를 발견했지. 죽어가던 오빠는 초롱꽃 향기를 맡고 다시 살아났고. 그 뒤 오빠와 동생은 산 곳곳에 이 꽃을 심었대. 산을 구경하러 왔던 사람들이 길을 잃거나 지쳤을 때 이 꽃을 꺾어 들고 다시 힘을 얻어 길을 내려가라고."

"와, 그러니까 이 꽃은 사람들에게 희망을 주는 꽃이네."

"맞아. 몇 년 전 지나가던 스님이 주고 가셨는데 깊은 산에서만 피는 꽃이라 안 필 줄 알았어. 그런데 올해 처음으로 꽃이 피었어."

"꽃 이야기를 하니까 얼굴이 밝아지네. 아까는 세상이 무너진 것처럼 펑펑 울더니."

"도와줘서 고마워! 네가 아니었으면 아직까지 말이 날뛰고 있을 거야. 꽃밭은 더 엉망이 되었을 테고."

그때 맞은편에서 휘피릭 휘피릭 휘파람 소리가 들렸어. 양치기가 양들을 몰고 내려와서 꽃밭 지기를 보고 외쳤어.

"어이 울보, 친구라도 생겼냐?"

"……."

"어쭈? 내 말이 우습다 이거지?"

양치기가 빠르게 휘파람을 불며 공주가 있는 곳으로 뛰어오자 양들도 쫓아왔지. 양들은 신이 나서 꽃들을 뜯어먹었어. 소년은 아무것도 못 하고 또 주르륵 눈물만 흘렸고. 보다 못한 공주가 두 손을 입에 대고 컹컹 컹컹 사나운 개 소리를 냈지. 겁을 먹은 양들이 우왕좌왕하더니 여기저기로 흩어져서 도망갔어.

"돌아와! 돌아오라고!"

양치기가 휘파람을 계속 불었지만 양들은 뒤도 돌아보지 않았지.

"씨, 울보 너 각오해! 다음에 만나면 가만두지 않을 거야!"

소년을 노려보던 양치기가 양들을 쫓아갔어. 양들이 돌아간 후에야 소년은 쓰러졌던 꽃들을 일으켜 세웠어.

"넌 왜 가만히 있어? 울보라고 놀려도 아무렇지 않아?"

"조금만 참으면 지나가니까. 그리고 나 울보 맞아."

공주가 소년 얼굴을 빤히 바라보며 다시 물었어.

"정말? 진짜 아무렇지도 않아?"

잠깐 머뭇거리던 소년이 조심스럽게 말을 꺼냈어.

"아니, 사실 잘 모르겠어. 어렸을 때부터 울보라는 소리를 많이 들어서 괜찮은 것 같기도 하고 아닌 것 같기도 하고, 어떨 땐 여전히 화가 나고 속상한 것 같기도 해. 울고 싶지 않은데 자꾸 눈물이 쏟아져. 난 그냥 내가 부끄러워. 내가 싫어."

공주가 우는 게 왜 부끄러운 일이냐고 묻자 소년이 말했어. 아빠가 남자가 우는 건 부끄러운 일이기 때문에 남자는 우는 걸 보이지 않아야 한다고. 우는 모습을 보이면 남들이 얕본다고. 그래서 울 때마다 찰싹찰싹 종아리를 열 대나 때린다고 했어.

"어휴, 말도 안 되는 그딴 이상한 기준은 대체 누가 만든 거야? 우리 아빠도 그랬거든. 얌전하지 않은 여자, 꽃 대신 칼을 좋아하는 여자는 여자답지 못하고 이상한 거라고."

공주도 여태껏 누구에게도 털어놓지 않았던 이야기를 꺼냈어.

"아빠에게 사랑받고 싶어서 꽃 잘 키우고 바느질도 잘하는, 착하고 얌전한 아이가 되려고 노력한 적도 있었어. 그런데

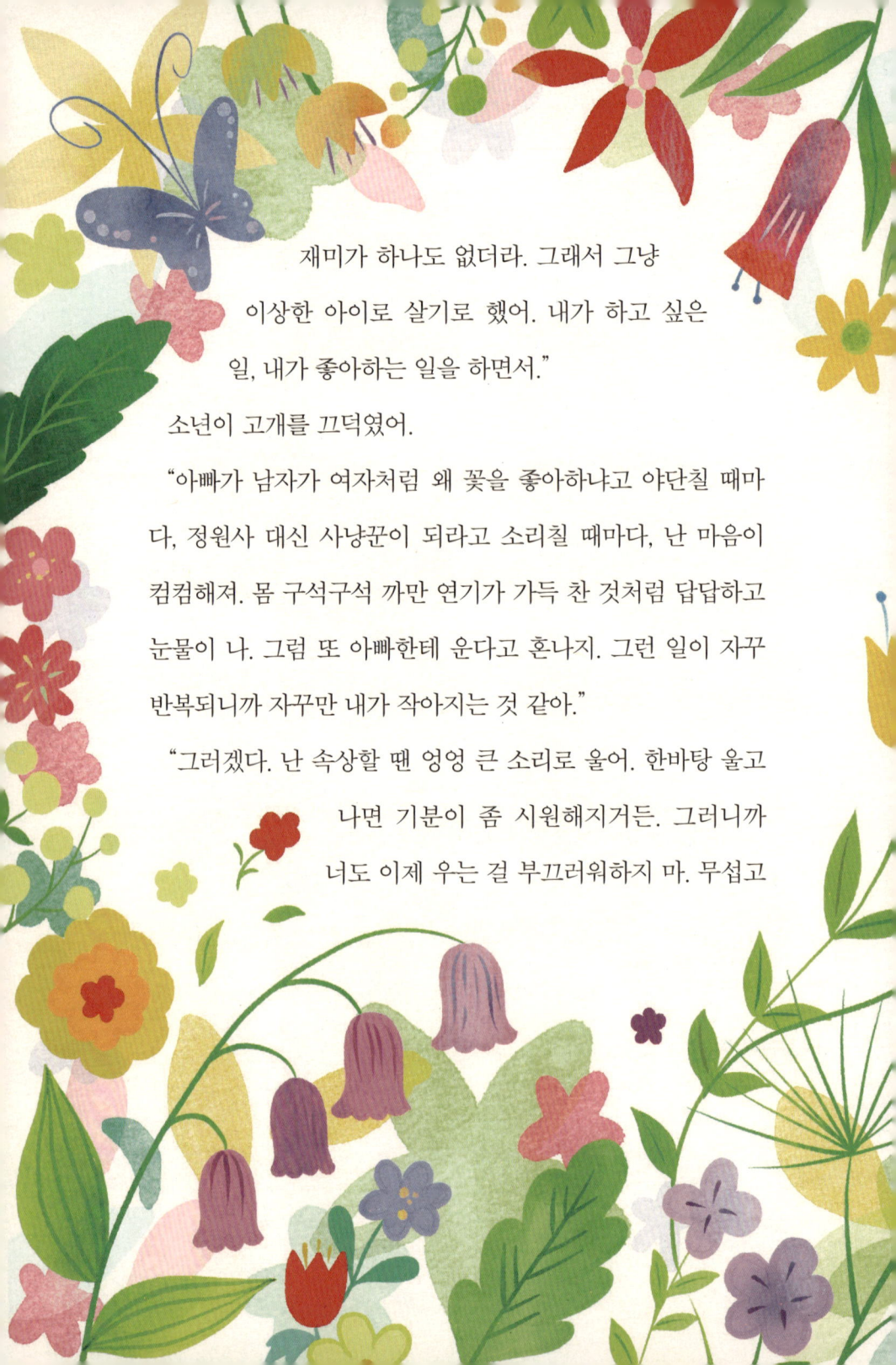

재미가 하나도 없더라. 그래서 그냥 이상한 아이로 살기로 했어. 내가 하고 싶은 일, 내가 좋아하는 일을 하면서."

소년이 고개를 끄덕였어.

"아빠가 남자가 여자처럼 왜 꽃을 좋아하냐고 야단칠 때마다, 정원사 대신 사냥꾼이 되라고 소리칠 때마다, 난 마음이 컴컴해져. 몸 구석구석 까만 연기가 가득 찬 것처럼 답답하고 눈물이 나. 그럼 또 아빠한테 운다고 혼나지. 그런 일이 자꾸 반복되니까 자꾸만 내가 작아지는 것 같아."

"그러겠다. 난 속상할 땐 엉엉 큰 소리로 울어. 한바탕 울고 나면 기분이 좀 시원해지거든. 그러니까 너도 이제 우는 걸 부끄러워하지 마. 무섭고

두렵고 슬플 땐 맘껏 울어. 남자라고 무섭고 두렵고 슬프지 않은 건 아닐 테니까. 야, 그런데 꽃을 정성껏 잘 가꾸기만 하면 뭐 하냐? 지킬 줄도 알아야지."

"꽃을 지키라고?"

"그래. 용기를 좀 내봐. 여동생이 오빠를 찾아간 것처럼, 그래서 금강초롱꽃을 발견한 것처럼. 나는 네가 사람들에게 희망을 주는 정원사가 됐으면 좋겠어."

"희망을 주는 정원사, 그거 좀 멋진데!"

"넌 할 수 있을 거야. 참 난 구름이야. 넌?"

"난 정성이."

"후후, 너랑 딱 맞는 이름이네."

주먹밥을 얻어먹은 공주가 길을 떠나겠다고 하자 정성이는 꽃이 그려진 주머니 하나를 선물로 주었어.

05

남자 여자 일이 뭐 따로 있나?

공주는 또다시 길을 떠났어. 들판을 지나고 강을 지나고 작은 산도 넘었지. 두 번째 산을 넘자 더 높은 산이 나왔어. 산길은 좁고 아주 험했어. 날도 어두워졌고. 키가 큰 나무들이 빽빽하게 들어찬 숲을 지날 때는 앞도 잘 보이지 않았어. 바람이 세차게 불 때마다 우우 웡, 우우 웡 나뭇잎들이 부딪쳐 우는 소리를 냈지.

'기분 나빠. 빨리 여길 벗어나 쉴 곳을 찾아야겠어.'

숲을 벗어나자 희미한 불빛이 보였어. 공주는 무작정 불빛이 보이는 곳으로 뛰어갔어. 오두막이 나오자 똑똑 문을 두드렸지. 멧돼지처럼 뚱뚱하고 얼굴 여기저기에 붉은 점이 있는

아주머니가 문을 열어 주었어.

'으, 엄청 무섭게 생겼네. 들어가도 될까?'

공주가 머뭇거리자 아주머니가 말했어.

"왜? 내가 널 잡아먹기라도 할까 봐? 싫으면 그냥 가던가. 산을 하나 넘어가면 오두막이 하나 있긴 해."

아주머니가 막 문을 닫으려는 순간, 공주가 얼른 발 하나를 문 틈으로 밀어 넣었어. 너무 힘들고 배가 고팠거든.

"쉬었다 갈게요."

"크크, 그래야지."

아주머니가 뻐드렁니를 드러내며 웃었어.

"방에 들어가서 잠깐 쉬어. 조금 있다가 부를게."

공주는 작은 방으로 들어가긴 했지만 이상하게 마음이 편하지 않았어.

'어마마마가 세상은 험하다고 했는데 아주머니가 나쁜 사람이면 어쩌지? 그냥 갈 걸 그랬나?'

문을 살짝 열고 밖을 살펴봤지. 쓱쓱 쓱쓱 기분 나쁜 소리가 들렸어. 살금살금 다가가 보니 아주머니가 웃으며 숫돌에 커다란 칼을 갈고 있지 뭐야.

'왜 칼을 갈지? 혹시 나를 잡아먹으려고? 아, 아닐 거야.'

공주를 발견한 아주머니가 말했어.

"방에 가서 조금만 더 기다리라니까."

"네. 화장실에 가려고요."

아주머니가 손으로 문을 가리키자 공주는 얼른 문을 열고 밖으로 나왔어.

'이상해, 이상해.'

그때 집 뒤쪽에서 쩍 쩍 도끼질 소리까지 들리지 뭐야.

'으악, 위험한 곳이야, 도망가야겠어!'

공주가 돌아서는데 누군가 꽉 어깨를 잡았어. 공주는 비명을 지르며 그 자리에 털썩 주저앉았지.

"여긴 추워. 같이 들어가자."

대나무처럼 삐쩍 마른 털보 아저씨가 공주에게 손을 내밀었어. 불안했지만 공주는 아저씨를 따라 집안으로 들어올 수밖에 없었지.

아저씨가 들고 있던 자루를 받아든 아주머니가 큼직한 손으로 자루에서 나무토막을 꺼내 난로에 척척 넣어 익숙하게 불을 피웠지. 그동안 아저씨는 커다란 칼로 감자와 당근, 고기를 탁탁 썰더니 커다란 냄비를 꺼내 재료를 몽땅 넣고 수프를 끓이지 뭐야. 수프가 팔팔 끓어오르자 툭툭 소금과 후추를 치더니 휘휘 기다란 국자로 몇 번 저었어. 맛있는 냄새가 솔솔 풍겨왔지. 아저씨가 작은 접시에 수프를 덜어내자, 아주머니가 난로 옆에 있는 식탁으로 날랐어.

"와서 앉아."

아저씨 말이 끝나자마자 공주는 냄새에 이끌려 자기도 모르게 의자로 달려갔어.

"아까 화장실에 간 거 맞아?"

수프를 먹다 말고 아주머니가 공주를 쳐다봤어.

"네? 저 그게…… 저 그러니까……."

"왜? 우리가 널 잡아먹으려는 줄 알았어?"

속마음을 들킨 공주 얼굴이 새빨개지고 캑캑 자꾸만 마른 기침이 나왔어.

"멧돼지 잡는 걸 봤으면 아주 뒤로 넘어갔겠네. 멧돼지는 말이야, 이렇게 들고 이렇게 칼로……."

"으악 그만해요! 아주머니."

공주가 비명을 지르자 아저씨가 달랬어.

"미안해. 저 사람이 장난이 좀 심해."

"크크. 놀라기는. 혼자 여행을 다니면서 그깟 일에 그렇게 놀라면 어떡해? 완전 겁쟁이네."

"겁쟁이 아니거든요."

공주가 발끈해서 대답했어. 태어나서 여태까지 한 번도 겁쟁이란 소리는 들어본 적이 없는데 겁쟁이라니 약이 올랐지. 아주머니가 커다란 고기를 꺼내 공주 접시에 덜어주었어.

"겁쟁이, 많이 먹어."

"겁쟁이 아니라고요!"

"키키, 자꾸 장난을 치는 걸 보니 네가 마음에 드나 봐."

아저씨가 웃었지. 아주머니와 아저씨는 밥을 먹는 내내 이야기를 했어. 아주머니가 자기가 잡은 노루와 토끼 이야기를 하면 아저씨는 고생했다고 등을 토닥였어. 아저씨가 블루베리 잼을 만들었다고 하자 아주머니는 당장 일어나 맛을 보고는 최고라며 엄지손가락을 치켜세웠고. 밥을 먹다 말고 벌떡 일어나 둘이 춤까지 추었다니까. 그뿐이 아니야. 설거지도 같이 하고 빨래도 같이 개더라고.

"꼭 그렇게 둘이 같이 일을 해야 해요?"

"왜? 샘나?"

"아니요, 아주 아주 아주 이상해요."

"우린 그냥 각자 하고 싶은 일을 하는 것 뿐이야. 사냥을 좋아하는 난 사냥을 하고, 음식을 좋아하는 아저씨는 요리를 하고. 설거지랑 빨래는 둘 다 좋아하니까 같이 하고. 그러니까 싸울 일이 별로 없어. 하루하루가 정말 행복하다니까."

"으, 이상해요. 정말 정말 정말 이상해요."

말은 그렇게 했지만 공주는 솔직히 아주머니와 아저씨가 보기 좋아서. 궁에 있는 내맘대로왕과 여리 왕비가 생각났거든. 내맘대로왕은 아마 한 번도 요리를 해보지 않았을 거야. 요리는 여자 일이라고 생각하니까. 여리 왕비가 사냥을 한다고 하면 펄쩍펄쩍 뛸걸. 사냥은 당연히 남자 일이라고 생각하니까. 공주가 기억하는 내맘대로왕은 늘 뭐든지 자기가 하고 싶은 대로 하는 독불장군, 여리 왕비는 독불장군에게 100% 복종하는 신하거든. 내맘대로왕이 소리를 지르거나 화를 내면 여리 왕비는 꼼짝도 못 해. 그런데도 내맘대로왕 앞에서는 늘 웃지.

'아바마마와 어마마마도 아주머니와 아저씨처럼 재미있게 살면 좋을 텐데. 행복하게 살면 좋을 텐데.'

공주 얼굴을 보던 아주머니가 크크 웃었어.

"역시! 표정을 보니 우리가 샘 나는 게 맞네, 부럽지?"

"아니……, 이상하다니까 샘은 무슨……."

"그래, 알았어. 우린 이상한 사람들 맞아. 크크. 피곤할 테니 이만 들어가서 자."

아주머니가 공주를 작은 방으로 밀어 넣었어. 침대에 눕자마자 공주는 달콤한 꿈에 빠져들었지.

다음 날 아침 길 떠나는 공주를 아주머니가 꼭 안아주었어.

"꼭 가야 해? 여기서 우리랑 같이 살면 안 돼?"

공주도 아주머니와 아저씨를 꼭 끌어안았지.

"두 분은 이상한 분들이 아니라, 제가 만난 가장 특별한 분들이에요. 오래오래 생각날 것 같아요."

"크크, 겁쟁이가 말은 잘하네!"

아주머니가 손가락으로 공주의 코 끝을 부드럽게 튕기자 공주는 씽긋 웃어보였어. 공주는 그렇게 오두막을 떠났지. 사냥꾼 아주머니가 준 뱀독이 묻은 활과 화살, 요리사 아저씨가 준 매운 고춧가루를 들고.

06

귀신을 물리친 공주

　공주는 산을 내려와 계속 걸었어. 아주머니와 아저씨를 생각하니까 자꾸 웃음이 나왔어. 저녁을 해 주려던 따뜻한 마음도 모르고 잔뜩 겁을 집어먹었던 게 좀 창피했거든. 실실 웃으면서 장난을 걸던 아주머니가 지금은 무엇을 하고 있을까 살짝 궁금하기도 했어. 여리 왕비가 아주머니를 닮아 용감했다면 지금쯤 같이 여행을 하고 있을지도 모르잖아. 아마 그럼 훨씬 더 재미있고 신나는 여행이 되었을걸.
　"어마마마, 잘 지내고 계시죠? 전 잘 지내고 있어요. 여행하면서 그동안 제가 얼마나 우물 안 개구리였는지 알았어요. 어마마마, 많은 걸 보고 듣고 느끼고 돌아갈게요. 재미있는 이야기를 듬뿍 갖고 돌아갈게요."

사과 하나를 아작아작 깨물어 먹고 기운을 차린 공주는 다시 걸어갔어. 자그마한 마을 입구에 다다랐을 때였어. 커다란 나무 아래 앉아 잠시 땀을 식히고 있는데 사람들이 우르르 마을 안에서 달려 나오지 뭐야.

'무슨 일이지?'

"귀신이야, 귀신!"

"도망가! 잡히면 큰일 나."

겁에 질려서 엉엉 우는 사람도 있고, 신발이 벗겨지는 줄도 모르고 정신없이 뛰어가는 사람도 있었어.

'귀신이라고?'

공주는 사람들 말을 믿을 수가 없었어.

몇 년 전 이웃 나라와 전쟁을 하러 나갔던 병사가 전쟁이 끝나기도 전에 몰래 성으로 돌아온 적이 있었어. 화가 난 내맘대로왕은 병사를 지하 감옥에 가두었지. 병사는 밤마다 귀신이 나온다고 울고불고 난리였어. 감옥 벽에 머리까지 박았다니까. 그 이야기를 전해 들은 내맘대로왕은 이 세상에 귀신이 어디 있냐며 코웃음을 쳤어.

"허허, 귀신은 무슨. 마음이 약해 헛것을 보는 거야!"

공주는 마을 사람들도 헛것을 본다고 생각했어.
'좋아, 이 나대로 공주님이 귀신의 정체를 밝혀주지.'
공주는 마을 쪽으로 성큼성큼 걸어 들어갔지. 그때 누군가 뒤에서 팔을 잡아당겼어. 공주가 발버둥을 치자 팔을 더 세게 잡았어. 공주 또래 남자아이였어.

"이거 놔!"

"너 뭐야? 죽으려고 작정했어?"

"아니!"

"그럼 왜 마을 안으로 들어가는데."

귀신을 보고 싶어서 그런다고 하자 남자아이가 펄펄 뛰었어.

"정신 차려! 무서운 놈이야!"

"너나 정신 차려! 이 세상에 귀신이 어디 있냐?"

남자아이가 답답하다는 듯이 제 가슴을 탕탕 쳤어.

"네 눈엔 우리 마을 사람들이 다 멍청이로 보이는구나. 좋아, 죽든 살든 마음대로 해."

화가 난 남자아이가 공주 손을 놓고 가 버렸어. 공주는 마을 안쪽으로 더 깊이 들어갔어.

"저리 비켜, 귀신이 쫓아온단 말이야!"

사납게 생긴 아저씨가 공주를 확 밀쳤어. 공주는 낙엽처럼 바닥에 푹 쓰러졌지. 넘어지면서 발목을 다쳤나 봐. 욱신욱신 쑤시고 발목 주위가 발갛게 부어올라 일어설 수가 없지 뭐야. 사람들이 또 우르르 몰려왔어. 엉엉 우는 아이를 한쪽 팔에 끼고 달리는 아주머니, 지게에 늙은 어머니를 싣고 달리는 아저씨, 동생을 업고 비척비척 달리는 다리가 하나밖에 없는 청년도 보였어. 이대로 있다가는 사람들 발밑에 깔릴 것만 같았어.

"도와주세요! 저 좀 일으켜 주세요!'

사람들은 도망가느라 바빠서 아무도 공주를 도와주지 않았지. 사람들이 좀 줄어들자 공주는 엉덩이를 이리저리 움직여 가까스로 주막 항아리 뒤에 숨었어. 한 무리의 사람들이 헐레벌떡 달려오면서 또 소리를 질렀어.

"으악, 귀신이 쫓아온다!"

"도망쳐라! 도망쳐야 살 수 있다!"

사람들 뒤로 시커멓고 커다란 그림자가 파도처럼 밀려오지 뭐야.

"저게 뭐야? 정말 귀신이야?"

공주는 항아리 뒤로 더 바짝 몸을 숨겼어. 덩치는 호랑이만 하고, 머리카락은 불이 붙은 것처럼 새빨간 데다가 눈까지 시뻘건 귀신이 열 손가락을 부채처럼 쫙 펴고, 쿵쿵 쿵쿵 요란스럽게 사람들을 향해 달려왔어. 길고 날카로운 손톱으로 사람들을 휙휙 할퀴자, 사람들이 나뭇잎처럼 픽픽 쓰러졌지.

"살려주세요!"

사람들 비명소리가 마을을 가득 채웠어. 공주는 너무나 무서워서 몸이 덜덜 떨렸지. 비명이 터져 나올까 봐 손으로 입을 꽉 막았어.

"엉엉, 우리 오빠 좀 살려줘요! 도와줘요"

그때 작은 여자아이가 사람들을 보며 울부짖었어. 아까 다리가 하나밖에 없는 오빠 등에 업혀있던 그 아이야. 귀신 손톱이 오빠의 하나 남은 다리 마저 할퀴고 지나갔나 봐. 다리에서 피가 줄줄 흘렀어. 오빠는 어서 피하라는 듯 계속 손짓을 했지

만 아이는 그 자리에서 움직이지 않았어.

"같이 가! 나 혼자는 안 갈 거야!"

목청껏 도움을 청했지만 아무도 여자아이를 돕지 않았어. 피는 점점 더 많이 흘러내렸지.

'너무해! 어떻게 구하러 오는 사람이 아무도 없을까?'

공주가 나가려고 엉덩이를 요리조리 움직이고 있을 때였어. 항아리 옆 나무 뚜껑이 들썩들썩하더니 아저씨 한 명이 머리를 쑥 내밀었어. 조금 있자 아주머니도 얼굴을 쏙 내밀었지.

"쯧쯧, 어린 게 안됐네. 가서 얼른 저 아이를 데려와요."

"내가 왜? 나갔다가 귀신에게 잡히면 어떡하고."

"어린애가 가엾지도 않아요?"

"그렇게 안타까우면 당신이 가던가?"

"뭐라고요? 남자가 지금 힘없는 여자더러 가라는 거예요."

"칫, 여자들은 꼭 이럴 때만 남자를 찾지. 남자는 뭐 자기 목숨이 아깝지 않은 줄 알아?"

아저씨가 밖으로 기어 나왔어.

'후, 다행이야. 툴툴거려도 마음은 따뜻하네.'

그런데 웬걸, 나오자마자 마을 밖으로 꽁지가 빠져라 도망가지 뭐야. 버릇처럼 혀를 쯧쯧 차는 쯧쯧 아주머니가 밖으로 기어 나와 아이에게 다가갔어.

"괴물이 다시 오기 전에 나랑 가자."

아이는 계속 울면서 발버둥을 쳤어.

"싫어! 안 갈 거야! 오빠랑 있을 거야."

"고집을 부릴 때가 아니야. 너라도 살아야지."

아주머니가 아이 손을 잡자 아이는 아주머니 팔을 힘껏 물었어.

"아야, 얘가 왜 이리 고집을 부릴까……."

그때였어. 쿵쿵 땅이 들썩들썩했어.

'귀신이 돌아오나 봐!'

공주도 더이상 지켜볼 수만은 없었어. 공주는 철퍼덕 땅바닥에 주저앉았어. 두 다리를 앞으로 쭉 뻗고 양손으로 땅바닥을 짚으면서 죽죽 앞으로 나갔지.

"시간이 없어. 서둘러야 해!"

공주와 아이가 청년 발을 잡고 아주머니가 청년 머리를 잡았어. 하나, 둘, 셋! 공주가 신호를 보내자 셋이 힘을 모아 청년을 질질 끌어 간신히 나무 뚜껑 밑으로 데려왔지.

뚜껑 밑은 생각보다 넓었어. 귀신을 피해 도망가지 못한 사람들이 모여 있었지. 쿵쿵 발소리가 조금 더 가까워졌어.

"어떡하지? 귀신이 여길 찾아내면."

"에이, 귀신이 여길 어떻게 알겠어. 우린 그냥 조용히 숨어 있기만 하면 돼!"

"언제까지? 먹을 것도 별로 없잖아. 난 똥도 마렵다구!"

사람들이 수군거렸어. 하나, 둘, 셋…… 열다섯. 사람들 숫자를 세던 공주가 말했어.

"귀신과 맞서 싸우면 어떨까요?"

"말도 안 돼!"

"저 사람 말이 맞아. 우리가 무슨 수로 귀신을 이기겠어."

"맞아, 맞아."

사람들이 모두 고개를 돌렸어. 그때 작은 여자아이가 손을 번쩍 들었어.

"저는 솔이라고 해요. 어리고 힘은 없지만……."

솔이는 잠시 숨을 고르더니 주먹을 불끈 쥐었어.

"언니, 난 싸울래요. 우리 오빠를 저렇게 만든 귀신을 혼내 주고 싶어요."

쯧쯧 아주머니도 손을 들었지.

"나도 힘을 합칠게. 어린 것도 나서는데, 어른이 뒤로 숨을 수는 없지."

수염이 하얀 할아버지도 나섰어.

"나도 도울게. 뭐 좋은 방법이라도 있어?"

그렇게 하나둘씩 귀신과 싸우기로 마음을 모은 사람들은 공주와 머리를 맞대고 귀신을 물리칠 방법을 궁리했어.

밤이 깜깜해지자 사람들이 나무 뚜껑을 열고 땅으로 올라왔어. 발소리가 나지 않게 조심조심 움직였지. 덩치가 가장 좋은 아저씨가 엎드리자 쯧쯧 아주머니가 그 위로 올라갔어. 더벅머리 청년이 쯧쯧 아주머니 위로 올라가고, 주막집 처녀가 또 그 위로 올라가고. 그렇게 사람 사다리가 만들어졌지. 공주는 할아버지의 도움을 받아 조심조심 사람 사다리를 타고 담장 위로 올라가 귀신이 나오기만을 기다렸어.

새벽 동이 트기 시작하자 할아버지와 사람들은 미리 찾아둔 꽹과리와 놋 쟁반을 들고나왔어. 공주가 손을 번쩍 들자 일제히 치기 시작했지.

꽹! 꽹! 꽤깨갱! 꽤깨깨깨갱!

날카로운 꽹과리 소리가 울려 퍼졌어. 쿵쿵! 쿵쿵! 귀신 발소리가 들리자 사람들은 얼른 주막 마루 밑으로 숨었어. 단잠을 깨서 잔뜩 화가 난 귀신이 시뻘건 눈알을 뒤룩뒤룩 굴리면서 이곳저곳을 살펴보았어. 사람들을 찾지 못하자 쿵쿵 쿵쿵 쿵쿵 쿵쿵 더 요란스럽게 발을 굴렀어.
귀신이 고개를

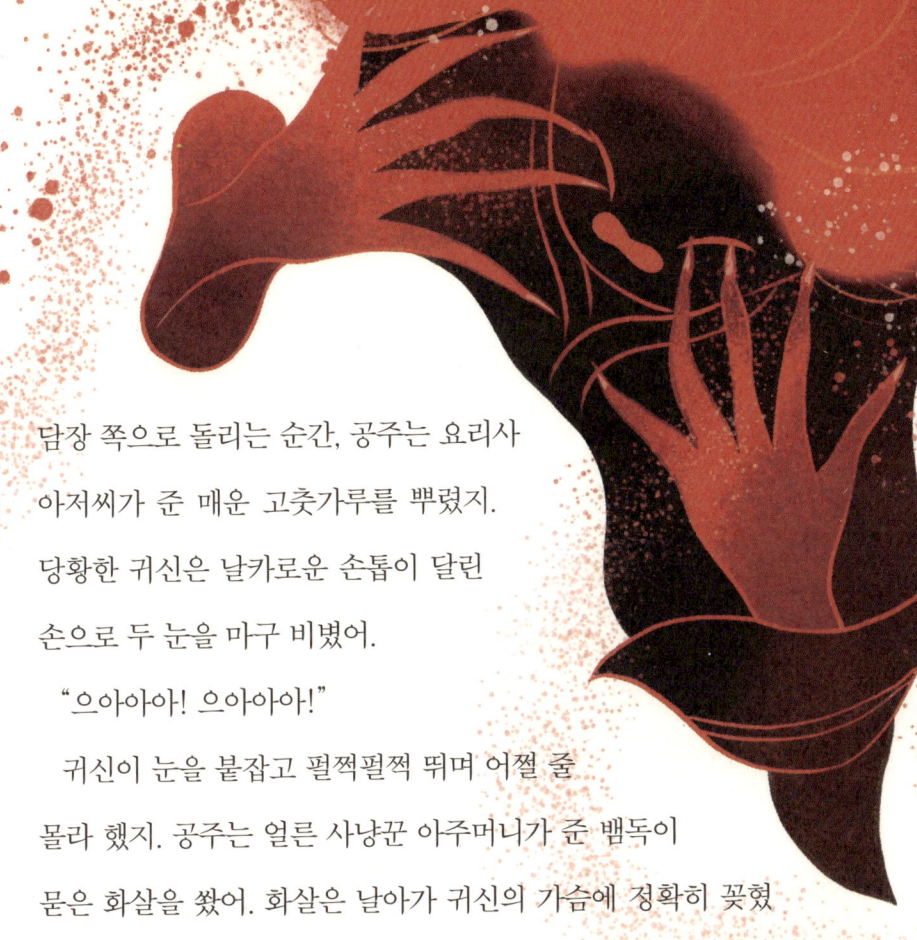

 담장 쪽으로 돌리는 순간, 공주는 요리사 아저씨가 준 매운 고춧가루를 뿌렸지. 당황한 귀신은 날카로운 손톱이 달린 손으로 두 눈을 마구 비볐어.
 "으아아아! 으아아아!"
 귀신이 눈을 붙잡고 펄쩍펄쩍 뛰며 어쩔 줄 몰라 했지. 공주는 얼른 사냥꾼 아주머니가 준 뱀독이 묻은 화살을 쐈어. 화살은 날아가 귀신의 가슴에 정확히 꽂혔어. 독이 온몸으로 퍼지자 괴물은 가슴을 움켜쥐고 이리저리 비틀거렸어. 그러다 쾅! 땅바닥에 쓰러지고 말았지. 쯧쯧 아주머니가 끓은 물을 끼얹어도 꼼짝하지 않았어.
 "죽었군! 죽었어!"
 쯧쯧 아주머니 말이 끝나자마자 사람들이 함성을 질렀어.
 "만세! 만세! 우리가 귀신을 물리쳤다!"

"만세! 만만세! 우리가 이겼다!"

사람들 함성에 집 안에 꼭꼭 숨어있는 사람들이 모두 나왔어. 담장에서 내려온 공주와 마을 사람들은 밧줄로 귀신을 꽁꽁 묶었어. 앞뒤로 줄을 지어 귀신을 질질 끌고 호수로 갔지. 풍덩! 귀신은 그렇게 호수 속으로 사라졌어.

"고마워. 자네가 우리 마을 사람들을 구했어."

할아버지가 공주 손을 잡으며 말했어.

"언니, 나쁜 귀신을 물리쳐서 정말 기뻐요. 나도 언니 같은 사람이 될래요."

솔이도 활짝 웃으며 말했지.

"넌 나보다 더 멋진 사람이 될 거야. 아까 제일 먼저 귀신을 물리치겠다고 나섰잖아."

"맞아, 우리가 솔이보다 못했지."

"자, 그러니까 이제부터라도 부끄러운 어른이 되지 말자고요. 남자, 여자 가르지 말고, 남 탓하지 말고 어려운 일이 생기면 서로 돕고 살자고요."

쯧쯧 아주머니 말에 사람들이 모두 손뼉을 쳤어.

07
어두운 기억에 갇힌 공주

마을에서 며칠 쉬며 다친 발목을 치료한 공주는 또다시 길을 떠나기로 했어. 공주가 떠난다는 소식에 마을 사람들이 모두 모였지. 쯧쯧 아주머니는 주먹밥을 선물했고, 할아버지는 두려운 마음이 들 때 보라며 부러진 귀신 손톱을 주었어. 솔이는 엄마가 물려주었다는 금반지를 내밀었고.

"이 귀한 걸 어떻게 받아."

"언니가 우릴 구했잖아. 내가 가진 것 중에서 가장 좋은 걸 주고 싶었어. 받아줘, 언니!"

"우리 이다음에 꼭 다시 만나자. 잘 있어, 솔아!"

솔이와 마을 사람들은 마을 입구까지 따라왔어. 한참 동안 서서 손을 흔들며 공주를 배웅해 주었지. 공주는 차마 발길이 떨어지지 않아서 몇 번이나 뒤를 돌아봤다니까.

'참 이상해. 성에서는 아바마마, 어마마마, 시중을 들어주는 시녀들까지 있는데도 속상하거나 슬픈 날이 많았어. 나 혼자라는 생각이 들었거든. 그런데 지금은 날 아는 사람이 별로 없는데도 속상하고 슬프지 않아. 만난 지 며칠 되지 않는 사람들 때문에 기쁘고 행복하고 설레. 사람들을 만나는 일이 이렇게 즐거운 일인지 미처 몰랐어. 이번에는 또 어떤 사람들을 만나게 될까?'

공주는 걷고 또 걸었어. 저 멀리 바다가 보이자 힘차게 달려갔지. 철썩 철썩 푸른 파도가 하얀 거품을 내며 밀려왔다 밀려갔어. 공주는 그 자리에 서서 오랫동안 파도를 바라봤어. 바다를 본 건 처음이거든. 두 팔을 펼치고 쓰읍 바닷바람을 가슴 깊이 들이마셨지.

"아, 시원해!"

신발을 벗고 모래사장도 거닐었어. 여리 왕비에게 줄 조개껍질도 줍고 모래성도 쌓았지. 그렇게 놀다 보니 어느새 해가 뉘엿뉘엿 지고 있지 뭐야.

'이런 벌써 저녁이 됐네. 잠잘 곳을 찾아봐야겠어.'

공주는 얼른 짐을 챙겨 바다 끝에 있는 마을로 갔어. 마을 끝에 작은 통나무집이 하나 보였어. 똑똑 문을 두드렸지만 아무 대답이 없었어. 문 앞에 서서 주인이 오기만을 기다렸지. 그런데 갑자기 거센 바람이 불더니 장대비가 쏟아지지 뭐야. 옷이 금방 흠뻑 젖어버렸어. 추워서 몸이 으슬으슬 떨렸지. 살짝 문을 밀자 삐걱 소리를 내며 문이 활짝 열렸어. 난로에서는 장작이 활활 타고 있고 맛있는 음식 냄새도 났어. 공주는 한 발 한 발 안으로 들어갔어.

'아주 잠깐만 앉아 있다가 나오자.'

난롯가에 앉자 스르르 잠이 쏟아졌지. 얼마나 되었을까? 휙 휙 요란한 바람 소리에 놀라서 눈을 떠 보니 고슴도치처럼 작고 통통한 아이 하나가 공주 옆에 서 있는 거야.

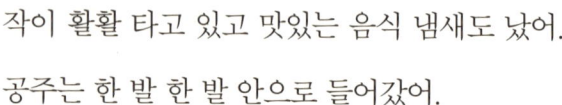

"넌 참 예의가 없구나! 주인도 없는 집에 들어와 쿨쿨 자다니!"

"미안해. 너무 추워서 나도 모르게 그만……. 나갈게."

공주가 쭈뼛쭈뼛 일어서자 아이가 데구루루 굴러와 공주 앞을 막았어.

"누구 맘대로! 정 가고 싶으면 날 피해서 가!"

공주가 문 쪽으로 걸어가자 아이는 또 데구루루 굴러와 공주를 막아섰어. 창문으로 가면 창문으로 데구루루, 뒷문으로 가면 뒷문으로 데구루루. 얼마나 빠른지 당해낼 수가 없었지. 공주는 꾀를 냈어. 뒷문으로 가는 척하다가 폴짝 식탁으로 뛰어올라간 거야. 속은 걸

안 아이는 씩씩거리더니 바로 식탁으로 굴러왔어. 그 틈에 공주는 앞문을 향해 잽싸게 뛰어갔지. 약이 오른 아이가 식탁에 있던 사과를 집어 공주에게 휙 던졌어. 공주는 그만 사과에 걸려 철퍼덕 넘어졌지. 그 바람에 메고 있던 보따리가 바닥에 떨어졌어. 아이가 데구루루 굴러와 보따리를 주웠어.

"내 거야! 돌려줘!"

"오, 비싼 보석이라도 들었나 봐."

아이는 비아냥거리며 보따리를 풀었어. 그러더니 갑자기 무서운 얼굴을 하고 공주를 노려봤어.

"너였어?"

"무슨 소리야?"

"우리 형을 죽인 게 바로 너였냐고?"

"난 아무도 죽이지 않았어."

"거짓말, 거짓말, 거짓말!"

아이가 펄쩍펄쩍 뛰었어. 그러자 믿지 못할 일이 일어났어. 아이 몸이 순식간에 변했거든. 정말이야. 작은 항아리만 해지더니, 나무만 해지더니, 커다란 집채만 해졌다니까. 아이가 다가오자 공주는 겁에 질려 슬금슬금 뒷걸음질을 쳤지.

"너 뭐야? 다가오지 마!"

"나? 네가 죽인 귀신 동생."

"뭐? 그럼 너도 귀신이야?"

"호호, 맞아. 하지만 걱정하지 마. 널 죽이지는 않아. 대신 널 아주아주 고통스럽게 할 거야."

무섭고 두려웠지만, 공주는 정신을 바짝 차리고 소리쳤어.

"네 형이 먼저 마을 사람들을 공격했잖아. 네 형이 사람들을 죽였다고!"

"상관없어!"

아이, 아니 귀신이 노래를 부르기 시작했어. 그러자 컴컴한 어둠이 밀려와 공주를 감쌌어. 어둠은 점점 깊어졌어. 공주가 머리를 쥐어뜯었어. 갑자기 어릴 때 기억이 떠올랐거든.

공주가 9살 때였을 거야. 창문으로 병사들이 활을 쏘는 걸 본 다음부터 공주는 활쏘기를 배우고 싶었어. 날마다 여리 왕비를 졸랐지. 여리 왕비가 끝내 활을 구해주지 않자, 공주는 늙은 시녀에게 매달렸어. 늙은 시녀는 다리가 아플 때마다 고사리손으로 안마를 해 주던 공주 부탁을 차마 거절할 수가 없어서 몰래 작은 활과 끝이 뭉툭한 화살 몇 개를 구해다 주었지. 활 쏘는 걸 아무에게도 들키지 않겠다는 약속을 받고 말이야.

그러던 어느 날이었어. 점점 활쏘기에 자신이 붙은 공주는 활과 화살을 들고 아무도 모르게 방을 빠져나갔어. 그런데 그만 활은 쏴보지도 못하고 내맘대로왕에게 들키고 만 거야. 내맘대로왕은 공주를 어깨에 메고 침실로 데려갔어. 활과 화살을 모두 빼앗았지.

"아바마마, 돌려주십시오. 제 것입니다."

"고얀 것! 어디서 말대답이야?"

"제발 돌려주십시오."

"못된 것! 여자는 활을 쏠 수 없다는 법을 모르느냐?"

"여자도 자신을 지키려면 활을 쏠 줄 알아야 한다고 생각합니다."

공주가 잘못을 빌지 않자 화가 난 내맘대로왕은 활과 화살을 모조리 부러뜨려버렸어. 그리고 공주를 옷장 안에 가두었지.

"네가 무엇을 잘못했는지 깨닫기 전에는 절대 꺼내주지 않을 테니 그리 알아라!"

옷장 안은 아주 답답했어. 숨이 턱턱 막혀왔지. 그렇다고 잘못하지도 않았는데, 잘못했다고 빌 수는 없었어.

'참아야 해, 참을 수 있어!'

공주는 눈을 꼭 감았어. 깜깜한 어둠이 공주를 에워쌌지만 이를 악물고 버텼어. 하지만 시간이 지날수록 점점 더 마음이 약해졌어. 어둠이 끊임없이 속삭였거든.

'흐흐, 넌 여기서 나갈 수 없어! 넌 여리 왕비도 못 보고 죽게 될 거야!'

'아니야, 난 죽지 않아, 난 여기서 나갈 거야!'

옛날 기억이 밀려오자 침이 마르고 식은땀이 쭉쭉 흐르고 몸이 덜덜 떨렸지. 숨도 쉬어지지 않았어. 공주는 남은 힘을 모두 짜내어 소리를 질렀어.

"제발! 이 끔찍한 기억에서 나를 꺼내 줘!"

하지만 귀신은 노래를 멈추지 않았어.

"그만해! 그만하라고!"

공주는 두 손으로 귀를 꽉 막았어. 노랫소리는 점점 더 커졌고, 어둠은 점점 더 공주를 짓눌렀지. 참다못한 공주는 몸을 이리저리 비틀었어. 그때였어. 옷 안쪽에 넣어두었던 정성이가 준 꽃주머니가 툭 떨어진 거야. 공주는 정신을 차리고 얼른 주머니를 주웠어. 주머니를 열자 달콤한 꽃향기가 코안으로 스며들었지. 가물가물 여리 왕비 목소리가 들렸어.

"애야, 넌 세상에서 가장 아름다운 아이란다. 세상에서 가장 용감한 아이란다. 세상에서 가장 지혜로운 아이란다. 어디에 있건 너를 잃지 말아라!"

"네. 그럴게요."

기억들이 새록새록 되살아났어. 여리 왕비가 머리를 묶어주던 기억, 여리 왕비와 함께 정원을 산책하던 기억, 여리 왕비와 함께 노래를 부르던 기억……. 기쁘고 즐거웠던 기억들이 떠오르자 어둠이 점점 옅어졌지. 행복했던 기억들이 모여 무지개를 이루자 어둠은 이제 아주 희미해졌어. 이제 더 이상 무섭지 않았어. 공주는 벌떡 일어나 소리쳤어.

"덤벼, 난 물러서지 않아! 겁 먹지 않아!"

귀신은 어디로 사라졌는지 보이지 않았어. 앞문만 활짝 열려 있었지.

08
궁으로 돌아와 사람들을 구한 공주

공주는 귀신이 사라진 걸 확인하고 나자 다리에 힘이 탁 풀렸어.

'귀신이 다시 돌아오기 전에 이 끔찍한 곳을 벗어나자!'

흩어졌던 선물들을 다시 보따리에 담아 통나무집을 나왔지. 한참을 걸어가던 공주는 깜짝 놀랐어. 자신도 모르게 성으로 가고 있지 뭐야.

'어마마마를 뵙고 싶은데, 돌아가도 될까? 아바마마 화가 좀 풀렸을까? 아니야, 아바마마는 날 미워해. 받아 주지 않을 거야. 나 때문에 어마마마가 더 힘들 수도 있어. 참자.'

공주는 아쉬움을 뒤로 하고 터벅터벅 발길을 돌렸어. 그때였어. 비둘기 한 마리가 날아와 공주 손에 살포시 앉았어. 여리 왕비가 키우는 비둘기였어. 공주는 얼른 비둘기 다리에 묶인 천을 풀었지.

"이 쪽지를 보는 즉시 성으로 돌아오거라. 서둘러야 한다."

'어마마마 글씨가 맞는데, 좀 이상해. 아무래도 성에 무슨 일이 생긴 것 같아.'

급하게 성으로 돌아가려면 말이 있어야 하는데 공주에게는 말을 빌릴 돈이 없었어. 마음만 급해지고 막막하고 안타까워 발만 동동 굴렀지. 그때 솔이가 준 금반지가 생각났어. 공주는 가장 가까운 마을로 달려가서 금반지를 주고 말을 빌렸지. 말을 타자마자 성을 향해 달려갔어.

'왜 이렇게 조용하지?'

성문은 활짝 열려 있고, 성문을 지키는 병사들도 보이지 않았어. 안으로 들어갔지만 시녀들도 대신들도 찾을 수 없었지.

'도대체 무슨 일이 일어난 거야?'

공주는 여리 왕비가 묵던 궁으로 뛰어갔어.

"어마마마! 어마마마!"

구석구석 찾아보았지만 왕비는 보이지 않았어. 내맘대로왕의 집무실로 뛰어갔더니……. 세상에! 귀신이야! 엄청나게 입이 큰 귀신. 귀신이 내맘대로왕의 옷을 입고, 내맘대로왕의 왕관을 쓰고, 내맘대로왕의 의자에 앉아 있었어. 공주를 보자 괴상한 소리를 내며 웃었어.

"크릉크릉, 잘 왔어. 널 기다렸어."

"어마마마는 어디 있어? 아바마마는? 도대체 사람들을 어떻게 한 거야?"

"크릉크릉, 성안에 있던 사람들이 모두 어디 갔는지 궁금해? 걱정하지 마. 조금 있으면 만나게 될 테니까!"

귀신이 공주를 향해 다가왔어. 침을 질질 흘리고 뱀처럼 긴 혀를 낼름거리면서.

"얼마나 대단하기에 내 동생들을 괴롭혔나 궁금했는데, 인제 보니 꼬마잖아. 멍청한 것들, 이런 작은 계집애에게 당하다니!"

공주는 무섭고 두려웠지만 물러서지 않았어. 아니, 물러설 수가 없었어. 배에 힘을 꽉 주고 소리쳤지.

"흥, 난 너 따윈 무섭지 않아. 네 동생이 어떻게 죽었는지 들

었어? 독화살을 가슴에 맞고 이리 비틀 저리 비틀거리는 꼴이 아주 꼴불견이었어."

"닥쳐!"

화가 잔뜩 난 귀신이 주먹으로 기둥을 쳤어. 기둥이 쿵 무너져 내렸지.

"네 작은동생은 어떻게 됐는지 알아? 날 어두운 기억 속에

가두려다가 실패하자 겁이 나서 징징 울면서 줄행랑을 쳤어."

"닥치라니까!"

귀신이 주먹으로 바닥을 쿵 치자, 바닥에 쩍쩍 금이 갔어. 공주는 얼른 뒷걸음질을 쳤지.

"클 클 칵, 도망가게?"

귀신이 뱀처럼 긴 혀를 쭉쭉 늘렸어. 혀가 날아와 공주의 발을 돌돌 감았지. 귀신은 기분 나쁘게 웃으면서 공주를 높이 들어 올렸어. 입을 쩍 벌리고 공주를 먹을 준비를 했지. 공주 몸이 거꾸로 되자 옷 속에 간직했던 연이가 준 피리가 삐죽 튀어나왔어.

'그래, 바로 이거야!'

공주는 피리를 꺼내 불기 시작했어. 피리리리 피리리리 나지막한 피리 소리가 울려 퍼졌지. 털썩 귀신이 주저앉았어. 끼익 하품을 하더니 그 큰 입을 쩍 벌린 채로 잠이 들었지. 귀신이 잠이 들자 혀도 축 늘어졌어. 혀에서 빠져나온 공주는 귀신 입속으

로 뛰어 들어갔어. 세상에! 여러 왕비와 내맘대로왕, 대신들, 시녀들이 모두 여기 있지 뭐야. 공주를 발견한 여러 왕비가 달려왔어.

"공주, 돌아왔구나!"

"어마마마, 늦어서 죄송해요!"

"그런 말 말거라. 이렇게 우리들을 구하러 왔잖니."

"귀신이 깨기 전에 여기서 나가야 해요."

사람들은 서둘러 모두 밖으로 나왔어. 공주는 내맘대로왕을 보고 깜짝 놀랐어. 세상에! 예전의 왕이 아니야. 얼굴엔 주름이 쪼글쪼글하고, 머리도 새하얗고, 등도 구부정하고. 할아버지가 다 되었지 뭐야. 공주는 내맘대로왕에게 다가갔어.

"아바마마, 귀신을 영원히 깨어나지 못하게 해야 합니다."

내맘대로왕이 고개를 끄덕였어. 공주는 사람들에게 돌멩이를 있는 대로 주워 오라고 했어. 여자들이 돌멩이를 불에 굽고, 남자들이 커다란 집게로 구워진 돌멩이를 집어 귀신 입속으로 던졌지. 커다란 귀신 입이 돌멩이로 가득 차자 공주는 연이 할머니가 준 바늘과 실을 꺼내 귀신 입을 칭칭 꿰맸어. 그런 다음 사람들과 함께 꼭꼭 숨었지.

"크릉크릉."

잠시 후 귀신이 잠에서 깨어났어.

"앗, 뜨거! 앗, 뜨거! 대체 내게 무슨 짓을 한 거야?"

불에 익은 돌 때문에 입안이 뜨거워진 귀신은 펄쩍펄쩍 뛰며 마구 소리를 질렀어. 입속에 있던 뜨거운 기운이 눈까지 올라갔나 봐. 앞이 잘 보이지 않는지 두 손으로 눈까지 마구 비비더라니까. 비틀비틀 어기적어기적 밖으로 도망가려던 귀신은 이 기둥에 탁, 저 기둥에 탁 부딪쳤어. 쿠아왕 천둥소리를 내며 쓰러졌지. 이마엔 혹이 다섯 개나 생겼어. 공주는 살금살금 귀신에게 다가가 코에 손을 대봤어. 조용했어. 공주는 이제야 활짝 웃었어. 숨어있던 대신들과 시녀들도 모두 뛰어나왔어. 여리 왕비는 내맘대로왕을 부축해 의자에 앉혔지.

"나대로 공주님, 잘 오셨습니다!"

"나대로 공주님, 환영합니다!"

대신들과 시녀들이 모두 공주를 반겨주었어. 늙은 대신이 내맘대로왕 앞으로 나아가 무릎을 꿇었어.

"대왕마마, 나대로 공주에게 내린 추방령을 거두어주시옵소서. 힘센 나라는 나대로 공주처럼 지혜롭고 용감한 지도자가 필요하옵니다."

내맘대로왕은 기대에 찬 대신들의 얼굴을 지그시 바라보았어.

"그대들은 나대로 공주를 여왕으로 모실 수 있겠는가?"

"네!"

대신들이 모두 큰소리로 대답했지. 내맘대로왕은 나대로 공주를 앞으로 불렀어.

"나대로, 아비와 힘센 나라를 구해줘 정말 고맙다. 내가 잘못했다. 내 뒤를 이어 힘센 나라를 지켜주겠느냐?"

모두 공주의 대답을 기다렸어. 한참을 생각하던 공주가 말했지.

"아바마마, 저는 따로 하고 싶은 일이 있습니다. 부탁이 하나 있는데 들어주시겠습니까?"

내맘대로왕은 허허 웃었어.

"공주는 끝까지 제멋대로구나. 그래 부탁이 무엇이냐?"

"힘센 나라의 문제점과 제가 그동안 여행을 하면서 보고 듣고 느꼈던 것들을 적어보았습니다. 아바마마께서 멋진 해결책을 찾아주십시오."

내맘대로왕에게 편지를 준 공주는 다시 길을 떠났어. 이번에는 혼자가 아니라 여러 왕비와 함께야. 내맘대로왕은 창문으로 말을 타고 떠나는 공주를 오래도록 지켜보았지.

09
달라진 우리들

한 달 뒤 우리는 놀이터에서 다시 만났다. 우리가 쓴 동화를 어른들에게 보여주고 난 다음이었다.

"민우야, 아빠가 뭐라셔?"

"처음엔 우리가 썼다는 걸 안 믿더라. '과연 내맘대로왕이 공주가 쓴 편지 속 내용을 받아들였을까요?' 했더니 조금 망설이긴 하더라고."

"그러더니?"

주미가 궁금해 죽겠다는 듯이 얼굴을 민우 앞으로 바짝 들이댔다.

"'아마 받아들였겠지.' 그러더라고. 더 놀라운 건 뭔 줄 아냐?"

"뭐데? 뭐데?"

"꽃씨를 10봉지나 사 왔다는 거야. 못 말려, 정말. 어쨌든 이제 난 자신 있게 플로리스트가 꿈이라고 말할 수 있게 된 거지."

"주미 넌 어땠어?"

주미 엄마는 나대로 공주가 주미라는 걸 알았을지 궁금했다.

"우리 엄마 진짜 대단해. '공주'에 대한 미련을 아직도 못 버렸나 봐. 나더러 정말 네가 나대로 공주냐고 묻고 또 묻고. 그래서 내가 뭐라고 했게?"

"뭐라고 했는데?"

이번에는 민우가 코를 벌렁거리며 대답을 재촉했다.

"'내가 나대로 공주면 아빠는 날 궁에서 쫓아낸 못된 내맘대로왕이야! 엄마는 딸이 쫓겨나는데도 모른 척한 못된 엄마고!' 이랬더니, 그제야 공주 얘기가 쏙 들어가더라."

"에이, 그게 끝이야?"

민우가 실망스럽다는 듯이 말했다.

"끝이긴, 나대로 공주처럼 용기를 내서 말했지. '난 공주 싫어! 난 공주 안 해! 앞으로는 제발 내 생각을 물어봐 줘! 내가 하고 싶은 걸 하게 해 줘!' 뭐, 그래서 일단 발레학원은 그만

됐고, 이제부터 찬찬히 뭘 하고 싶은지 찾아보려고."

"아현이 넌 어떻게 됐는데?"

난 주미와 민우랑 좀 달랐다. 난 엄마, 아빠와 함께 마지막 이야기를 만들었다. 우리가 함께 쓴 마지막 이야기는 거실 한 쪽에 커다란 글씨로 써서 붙여놓았다.

<아현이네 가족이 쓴 동화 마지막 이야기>

공주가 떠난 뒤 내맘대로왕은 신하들에게 명령을 내렸어. 신하들은 내맘대로왕이 직접 쓴 방을 힘센 나라 곳곳에 붙였지.

> 힘센 나라의 11대 왕인 내맘대로왕은 4999년 25월 48일 백성들을 위한 새로운 법을 만들었다. 이를 널리 백성들에게 알린다.

1. 나라 이름을 '힘센 나라'에서 '모두가 행복한 나라'로 바꾼다.

2. 모두가 행복한 나라에서는 남자와 여자를 차별하지 않는다.

3. 남자와 여자 모두 자기가 원하는 장난감을 갖고, 원하는 옷을 입고, 원하는 머리를 하고, 원하는 일을 할 수 있다.

4. 모두가 행복한 나라에서는 '여자가 왜?', '남자가 왜?', '남자는 이래야 해!', '여자는 이래야 해!'라는 말을 절대 쓰지 않는다.

5. 모두가 행복한 나라 백성들은 모든 사람이 다 사랑받고 존중받아야 할 존재라는 사실을 잊지 않고, 그것을 지켜가기 위해 노력한다.

방이 붙자 많은 백성이 만세를 부르며 좋아했어. 여리 왕비와 같이 배를 타고 푸른 바다를 항해하던 나대로 공주는 그 소식을 듣고 활짝 웃었다지, 아마.

"뭐야, 뭐야. 이아현, 혼자 멋있는 척하기 있기, 없기!"

"있기!"

주미가 날 살짝 흘겨봤다. 뭐, 그래도 상관없다. 주미는 이제 내 찐친이니까.

"내가 생각해 봤는데, 다음 프로젝트는……."

민우가 대단한 계획이라도 있는 듯 말을 흐렸다.

"뭔데?"

"우리가 쓴 이야기를 연극으로 만드는 거야! 그런 다음 전국

을 돌아다니며 공연을 하는 거지. 그래야 우리 같은 아이들이 용기를 얻지 않겠냐?"

"야, 박민우! 너 좀 맘에 들었다 안 들었다 한다. 우리 같은 아이들이 뭐 어때서?"

주미가 민우 머리에 헤드록을 걸었다.

"너 설마 레슬링 선수가 되려는 건 아니지?"

우리가 다음에 뭘 할지는 아직 모른다. 하지만 이것 하나는 확실하게 안다. 우린 이제 '양성평등' 전문가가 되었다는 것!

"우리 유튜브하자! 〈나대로 공주가 알려주는 양성평등 이야기〉 어때?"

주미와 민우가 소리쳤다.

"콜!"

작가의 말

동화 작가로서 첫 번째 인터뷰를 마친 아현이의 일기

기적 같은 일이 벌어졌다. 주미, 민우, 그리고 나. 우리 셋이 쓴 『나라를 바꾼 나대로 공주』 이야기가 책으로 출간되었다. 그리고 한 달 뒤, 반가운 손님이 우리를 찾아왔다. 놀이터에서 만났던 이모, '행복신문'의 윤기쁨 기자가 어린이 동화 작가들을 인터뷰하러 온 것이다.

이모 : 안녕, 만나서 반가워!
아현 : 반가워요, 기자님!
주미 : 아, 떨려. 인터뷰는 처음이거든요.
이모 : 그냥 너희들 이야기를 편하게 하면 돼!

민우 : 알겠어요, 기자님!

이모 : 깜짝 놀랐어. 양성평등에 대한 동화책을 쓸 줄은 몰랐거든.

아현 : 이모가 양성평등 이야기를 해 줬을 때 깜짝 놀랐어요. 이 좋은 걸 왜 여태껏 몰랐나 싶었거든요. 그래서 공부 좀 했죠.

민우 : 우리처럼 양성평등이 뭔지 잘 모르는 친구들에게 알려주고 싶었어요.

주미 : 전 솔직히 어른들도 이 책을 읽고, 양성평등에 대한 생각이 확 바뀌면 좋겠어요.

이모 : 오, 그래서 작가의 말에 어른들을 설득한 동화를 쓰고 싶었다고 했구나. 어때? 세 명이 동화를 쓰는 게 쉽지는 않았을 것 같은데.

아현 : 힘들긴 했지만 재미있었어요.

민우 : 아빠가 책을 읽고 씨앗이 든 봉투를 사다 주었을 때 깜짝 놀랐어요. 우리가 쓴 이야기에 공감했다는 거잖아요.

주미 : 맞아 맞아, 우리 엄마도 친구들에게 은근히 자랑을 하

더라니까. 우리 딸이 쓴 동화라고.

이모 : 친구들 반응은 어땠어? 재미있어해?

아현 : 글쎄요. 물어보진 않았어요. 우리 동화를 읽고 양성평등 이야기에 좀 더 관심을 가지면 좋을 것 같아요.

민우 : '남자답게', '여자답게' 우리를 가두는 '답게'라는 말을 뛰어넘었으면 좋겠어요.

이모 : 오, 좀 어려운데? '답게'를 뛰어넘는다는 게 뭘까?

주미 : '남자답게', '여자답게' 보다 더 중요한 건 '나답게' 사는 게 아닐까요? 있는 그대로의 나를 받아들이고, 사랑하는 거요.

민우 : 맞아요, 내가 얼마나 멋진 사람인지 깨닫게 되는 거예요. 당당하게 '나'로 사는 거예요. 내가 좋아하는 것을 하면서.

아현 : 남자라는 이유로, 혹은 여자라는 이유로 차별을 받지 않고, 각자 하고 싶은 일을 하면서 행복하게 사는 것. 그게 바로 양성평등이 이루어지는 세상이니까! 우리가 쓴 동화가 그런 세상이 오는 데 도움이 되면 참 좋을 것 같아요.

이모 : 와, 멋지다! 앞으로도 계속 어린이 동화 작가 여러분을 응원할게!

아현 : 이모, 혹시 우리가 하는 유튜브 〈나대로 공주가 알려주는 양성평등 이야기〉 첫 번째 초대 손님으로 나와 주실 수 있어요?

이모 : 그럼. 언제든지.

아현, 주미, 민우 : 고마워요. 이모 아니 윤기쁨 기자님.

그날 우리들의 인터뷰는 즐겁고도 유쾌했다. 나대로 공주의 이야기는 10살 내 인생 최악의 날, 우리들의 지원군이 되어준 윤기쁨 기자님 덕분에 시작할 수 있었다. 만약 그때의 우리처럼 인생 최악의 날이라고 느껴지는 누군가 우리가 쓴 동화를 읽는다면? 이 동화가 한 줄기 빛이 되었으면 좋겠다. 그래서 마음껏 웃을 수 있었으면 참 좋겠다.

2024년 가을

박혜숙

내일을여는어린이 시리즈는 주제 의식이 담긴 동화만을 엄선해 펴냅니다. 의미와 재미가 담긴 동화를 보며, 아이들이 사고력을 키우고 편견과 이기심에서 벗어나 바른 사람으로 자라나기를 바랍니다.

01 보신탕집 물결이의 비밀
개고기 먹어도 될까? 안 될까?
강다민 글 | 수리 그림 | 146쪽 | 11,000원
아침독서 추천도서

02 핵발전소의 비밀 문과 물결이
상상초월 핵발전소 이야기
강다민 글 | 강다민·조덕환 그림 | 126쪽 | 11,000원
세종도서 문학나눔 선정도서/아침독서 추천도서

03 행복을 파는 행운 시장
두 동네 아이들이 만들어 가는 아름다운 행복!
안민호 글 | 박민희 그림 | 132쪽 | 11,000원
우수출판콘텐츠 선정도서/아침독서 추천도서

04 땅에 사는 아이들
내가 사는 이 땅의 주인은 누구일까?
정세언 글 | 지혜라 그림 | 164쪽 | 11,000원
아침독서 추천도서/출판저널 이달의 책 선정도서
학교도서관사서협의회 추천도서

05 사라진 슬기와 꿀벌 도시
자연과 인간의 평화로운 공존을 꿈꿔요!
임어진 글 | 박묘광 그림 | 160쪽 | 11,000원
출판콘텐츠 창작지원사업 선정작/아침독서 추천도서
읽어주기 좋은 책 선정도서/한국학교사서협회 추천도서
학교도서관사서협의회 추천도서

06 동물원 친구들이 이상해
생명의 소중함과 자유와 행복의 의미를 생각해 봐요!
고수산나 글 | 정용환 그림 | 184쪽 | 11,000원
출판저널 이달의 책 선정도서/아침독서 추천도서
한국학교사서협회 추천도서
학교도서관사서협의회 추천도서

07 돼지는 잘못이 없어요
인간을 위해 다른 동물의 생명을 빼앗아도 되나요?
박상재 글 | 고담 그림 | 148쪽 | 11,000원
환경부 2018년 우수환경도서/전국사서협회 추천도서
한국학교사서협회 추천도서/한국글짓기지도회 추천도서

08 개성공단 아름다운 약속
남북이 함께 만들어 간 평화의 상징.
개성공단으로 어린이 체험단이 떴다!
함영연 글 | 양경아 그림 | 134쪽 | 11,000원
한국문화예술위원회 문학나눔 선정도서/아침독서 추천도서
한국학교사서협회 추천도서/한국글짓기지도회 추천도서

09 죽을 똥 살 똥
똥이 밥이 되고 밥이 똥이 되면 우리도 살고 자연도 살아요!
안선모 글 | 안성하 그림 | 160쪽 | 11,000원
한국학교사서협회 추천도서

10 우리들끼리 해결하면 안 될까요
친구와 다툼이 일어났을 때, 어떻게 해야 할까?
박신식 글 | 김진희 그림 | 137쪽 | 11,000원
소년한국 우수 어린이도서/한국학교사서협회 추천도서
한국글짓기지도회 추천도서/북토큰 선정도서

11 백 년 전에 시작된 비밀
친일파, 독립운동가, 재일조선인 후손들의 우정과 역사 이야기
강다민 글·그림 | 136쪽 | 11,000원
한국문화예술위원회 문학나눔 선정도서
읽어주기 좋은 책 선정도서/고래가숨쉬는도서관 추천도서
한국학교사서협회 추천도서/학교도서관사서협의회 추천도서

12 3·1운동, 그 가족에게 생긴 일
평범한 소녀 우경이네 가족의 삶을 바꾼 만세운동
고수산나 글 | 나수은 그림 | 133쪽 | 11,000원
고래가숨쉬는도서관 추천도서/한국학교사서협회 추천도서
학교도서관사서협의회 추천도서

13 나를 쫓는 천 개의 눈
CCTV와 휴대폰 카메라, 드론은 안전을 위한 것일까,
감시와 통제를 위한 것일까?
서석영 글 | 주성희 그림 | 129쪽 | 11,000원
소년한국 우수 어린이도서/한국학교사서협회 추천도서
부산광역시교육청 공공도서관 추천도서
학교도서관사서협의회 추천도서

14 나와라, 봉벤져스!
마음이 움직이는 진짜 봉사와 상을 타기 위한 가짜 봉사
김윤경 글 | 김진희 그림 | 138쪽 | 11,000원
아침독서 추천도서/학교도서관사서협의회 추천도서
한국학교사서협회 추천도서

15 가짜 뉴스를 시작하겠습니다
가짜뉴스는 어떻게 만들어지며 퍼지고,
어떤 결과를 가지고 오게 될까?
김경옥 글 | 주성희 그림 | 140쪽 | 11,000원

세종도서 교양부분 선정도서/아침독서 추천도서
고래가숨쉬는도서관추천도서/한국학교사서협회 추천도서
학교도서관사서협의회 추천도서/북토큰 선정도서

16 아홉 살 독립군, 뽀족산 금순이
실화를 바탕으로 한 만주 지역 어린이 독립군 이야기
함영연 글 | 최현지 그림 | 132쪽 | 11,000원

한국문화예술위원회 문학 나눔 선정도서
한국학교사서협회 추천도서/학교도서관사서협의회 추천도서
책씨앗 좋은책고르기/초등교과연계 추천도서

17 내 말 한마디
무심코 던지는 내 말은 어떤 힘이 있고 어떤 영향을 미칠까?
김경란 글 | 양정아 그림 | 132쪽 | 11,000원

한우리 열린교육 추천도서/소년한국우수어린이도서
고래가숨쉬는도서관추천도서/경기도사서서평단추천도서
책씨앗 좋은책고르기/초등교과연계 추천도서
학교도서관사서협의회 추천도서/한국학교사서협회 추천도서

18 소녀 애희, 세상에 맞서다
굳은 신념을 위해 세상과 맞선 진정한 삶의 가치에 대한 고민
장세련 글 | 이정민 그림 | 137쪽 | 11,000원

한국학교사서협회 추천도서/학교도서관사서협의회 추천도서

19 석수장이의 마지막 고인돌
개인의 욕심을 채우려는 권력과 그 권력에 희생된 개인의 선택
함영연 글 | 주유진 그림 | 152쪽 | 12,000원

우수출판콘텐츠 선정도서/고래가숨쉬는도서관추천도서
읽어주기좋은책 선정도서/한국학교사협회추천도서
학교도서관사서협의회 추천도서/한국아동문학상수상₩

20 당신의 기억을 팔겠습니까?
인권과 자본, 민영화의 그늘을 알려 주는 동화
강다민 글 | 최도은 그림 | 144쪽 | 12,000원

출판콘텐츠창작지원사업 선정도서/읽어주기좋은책 선정도서
책씨앗 좋은책고르기/초등교과연계 추천도서
학교도서관사서협의회 추천도서/한국학교사서협회 추천도서

21 파랑 여자 분홍 남자
나다움을 찾는 길, 성인지 감수성
김경옥 글 | 홍찬주 그림 | 144쪽 | 12,000원

책씨앗 좋은책고르기/초등교과연계 추천도서

22 여우가 된 날
붉은 여우와 사람이 함께 평화롭게 사는 세상을 위하여
신은영 글 | 채복기 그림 | 128쪽 | 12,000원

한국문화예술위원회 문학 나눔 선정도서
책씨앗 좋은책고르기/초등교과연계 추천도서

23 기후 악당
우리가 기후 악당 이라고?
박수현 글 | 박지애 그림 | 136쪽 | 12,000원

책씨앗 좋은책고르기/초등교과연계 추천도서

24 그건 장난이 아니라 혐오야!
이 세상에 당해도 되는 사람은 없어! 혐오는 나빠!
박혜숙 글 | 홍찬주 그림 | 144쪽 | 12,000원

한국학교사서협회 추천도서/소년한국우수어린이도서

25 함경북도 만세 소녀 동풍신
함경북도 만세 소녀 동풍신,
꺾이지 않는 의지로 일제와 맞서다
함영연글 | 홍지혜그림 | 96쪽 | 12,000원

한국학교사서협회 추천도서

26 나만 없는 우리나라
나라를 버린 게 아니라 선택하는 사람, 난민
곽지현·최민혜·유마글 | 김연정그림 | 169쪽 | 12,000원

소년한국일보 표지디자인 특별상/한국학교사서협회 추천도서

27 가만두지 않을 거야!
"잡히면 죽여 버린다고!" 왜 부들이는 자꾸만 화가 날까?
윤일호 글 | 정지윤 그림 | 141쪽 | 12,000원

한국학교사서협회 추천도서

28 양심을 팔아요
양심이 있어야 사람다운 사람이지
신은영 글 | 조히 그림 | 108쪽 | 12,000원

한국학교사서협회 추천도서

29 돌고래 라라를 부탁해
돌고래 라라와 미지의 교감 속에서 드러나는 돌고래의 진실
유지영 글 | 한수언 그림 | 136쪽 | 12,000원

한국글짓기지도회 추천도서

30 내 동생들 어때?
우리는 진짜 동물들의 생명을 소중하게 여기고 있을까?
정진 글 | 최현지 그림 | 140쪽 | 12,000원
한국글짓기지도회 추천도서
책씨앗 좋은책고르기 초등교과연계 추천도서

31 악플 숲을 탈출하라!
악플러, 익명의 인터넷 공간에 숨어
다른 사람을 괴롭히는 괴물, 나는 자유로울까?
신은영 글 | 김연정 그림 | 112쪽 | 12,000원
한국학교사서협회 추천도서 / 소년한국우수어린이도서
행복한아침독서 추천도서 / 읽어주기좋은책 선정도서
한국글짓기지도회 추천도서

32 일본군'위안부' 하늘 나비 할머니
전쟁 없는 평화로운 우리의 미래를 함께 만들어요!
함영연 글 | 장경혜 그림 | 104쪽 | 12,000원
소년한국우수어린이도서 / 한국교사서협회 추천도서
행복한아침독서 추천도서
책씨앗 좋은책고르기 초등교과연계 추천도서

33 진짜 뉴스를 찾아라!
마대기와 이꽃비의 불꽃 튀는 뉴스 전쟁!
김경옥 글 | 주성희 그림 | 148쪽 | 12,000원
중소출판사 출판콘텐츠 선정도서 / 한국학교사서협회 추천도서
고래가숨쉬는도서관 추천도서
책씨앗 좋은책고르기 초등교과연계 추천도서
방정환문학상 수상도서 / 행복한아침독서 추천도서

34 내가 글자 바보라고?
난독증인 종이접기 천재
공윤경 글 | 김연정 그림 | 149쪽 | 13,000원
한국학교사서협회 추천도서
책씨앗 좋은책고르기 초등교과연계 추천도서

35 표절이 취미
다른 사람의 창작물을 베끼려 한 탐희의 이야기
신은영 글 | 홍찬주 그림 | 108쪽 | 13,000원
한국학교사서협회 추천도서
책씨앗 좋은책고르기 초등교과연계 추천도서
소년한국우수어린이도서 / 고래가숨쉬는도서관 추천도서
행복한아침독서 추천도서 / 책씨앗 초등 교과연계 추천도서

36 내 친구는 내가 고를래
난 내가 좋아하는 친구랑 놀고 싶어
신미애 글 | 임나운 그림 | 148쪽 | 14,000원
책씨앗 초등 교과연계 추천도서

37 상처사진기 '나혼네컷'
내 상처를 곰곰이 들여다보는 공간
박현아 글 | 김승혜 그림 | 112쪽 | 13,000원
소년한국우수어린이도서 / 한국학교사서협회 추천도서
책씨앗 초등 교과연계 추천 도서

38 온라인 그루밍이 시작되었습니다
온라인 그루밍의 덫에 빠지기 쉬운 아이들에게
지금 우리가 들려주어야 할 이야기
신은영 글 | 손수정 그림 | 140쪽 | 14,000원
고래가숨쉬는도서관 추천도서 / 책씨앗 초등 교과연계 추천도서
한국학교사서협회 추천도서

39 환경돌과 탄소 제로의 꿈을
많은 생명과 함께 평화롭게 사는 우리의 미래를 위해
우리가 할 수 있는 것은 무엇일까?
최진우 글 | 서미경 그림 | 132쪽 | 14,000원
읽어주기좋은책 선정도서 / 한국학교사서협회 추천도서

40 게임 체인저 : 기본소득
"기본소득이 우리 고민을 풀어 줄 열쇠라고요?"
이선배 글 | 맹하나 그림 | 218쪽 | 15,000원

41 지구를 지키는 패셔니스타
패스트 패션을 막을 수 있는 방법은?
안선모 글 | 주성희 그림 | 124쪽 | 14,000원
고래가숨쉬는도서관 추천도서 / 한국학교사서협회 추천도서